## 作者简介

姜文清，1982年云南大学中文系本科，1989年云大文艺学研究生，1997年南开大学日本文化史博士。云南大学文学院教授。著有《东方古典美——中日传统审美意识比较》、编译有《日本俳句长编》等书；发表有《佛教影响与中日审美意识》《儒家影响与日本审美意识》《“物哀”论考》《“物哀”与“物感”》《“寂”与“兴趣”》《“幽玄”与“神韵”》等论文。1996年和1998年，应邀到日本早稻田大学和国际交流基金大坂国际中心访学和研修。

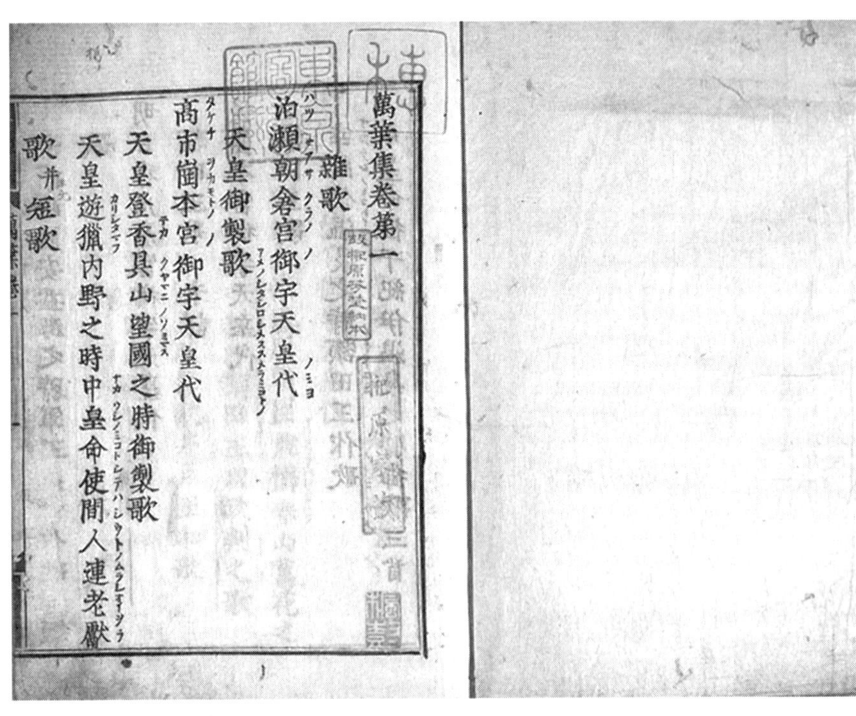

萬葉集卷第一

雜歌

泊瀬朝倉宮御宇天皇代

天皇御製歌

高市崗本宮御宇天皇代

天皇登香具山望國之時御製歌

天皇遊獵内野之時中皇命使間人連老獻

歌并短歌

日本　古本《万叶集》1

日本 古抄本《万叶集》2

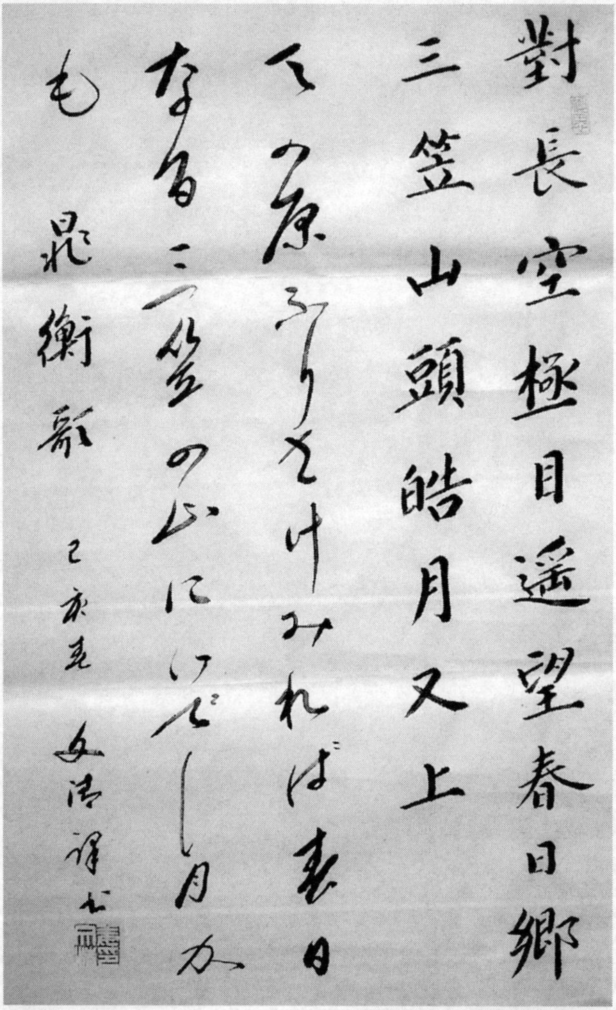

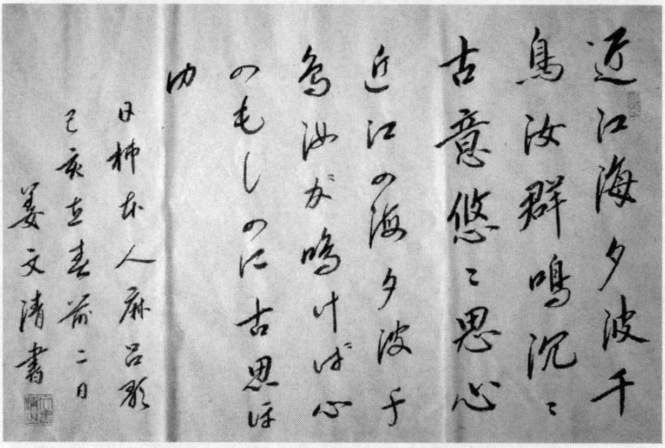

编译者书：安倍仲麻吕（晁衡）和歌（见本书歌319）；柿本人麻吕和歌（见本书歌122）

# 日本古代和歌400首

## ——从上古到平安时代前的日本和歌

姜文清　编译

云南出版集团
云南人民出版社

图书在版编目（CIP）数据

日本古代和歌400首 ：从上古到平安时代前的日本和歌 / 姜文清编译. -- 昆明 ：云南人民出版社，2019.2
ISBN 978-7-222-18342-1

Ⅰ. ①日… Ⅱ. ①姜… Ⅲ. ①古典诗歌－作品集－日本 Ⅳ. ①I313.22

中国版本图书馆CIP数据核字(2019)第011819号

责任编辑：刘 焰 雷啟星
装帧设计：李乐乐 熊小熊
责任校对：陈春梅
责任印制：窦雪松

RIBEN GUDAI HEGE 400 SHOU
——CONG SHANGGU DAO PING′AN SHIDAI QIAN DE RIBEN HEGE
日本古代和歌400首
——从上古到平安时代前的日本和歌

姜文清 编译

出 版 云南出版集团 云南人民出版社
发 行 云南人民出版社
社 址 昆明市环城西路609号
邮 编 650034
网 址 www.ynpph.com.cn
E-mail ynrms@sina.com
开 本 889mm×1194mm 1/32
印 张 13.875
字 数 200千
版 次 2019年2月第1版第1次印刷
印 刷 云南新华印刷二厂
书 号 ISBN 978-7-222-18342-1
定 价 60.00元

如需购买图书、反馈意见，请与我社联系
总编室：0871-64109126 发行部：0871-64108507 审校部：0871-64164626 印制部：0871-64191534

云南人民出版社微信公众号

# “物感”与“物哀”

——《日本古代和歌400首：从上古到平安时代前的日本和歌》序

李 森

和歌泛指除俳句之外的日本古典歌诗（诗歌）。和歌有长歌、短歌、旋头歌、佛足石歌等，其中就数量而言以短歌为最，且歌体延续至今，因此，和歌一般亦指短歌。日本古代歌诗总集《万叶集》凡20卷，刊歌4560首，短歌就有4200首。本书选译的404首歌诗，有340首出自《万叶集》。

日语和汉语发音、音数、音声结构的不同，给翻译带来了巨大的难度。和歌中的短歌有31音（5、7、5、7、7句式），但近一半的音没有字义，而汉语一音一字皆有字义。自明代李言恭、郝杰编著《日本考》翻译和歌以来，许多翻译家为和歌的汉译做出了贡献，有用五言诗体翻译的，有用五七言体翻译的，或译为自由体的。但不管采用何种诗体翻译，在歌诗的气息和韵味上，都与原歌大相径庭。这是翻译的尴尬。美国民族诗人罗伯特·弗罗斯特说：“诗歌就是翻译中损失的那部分。”窃以为，任何诗歌的翻译都是重新创作。只不过这种创作，是贴着原作品的创作。若译作能得原作“气韵生动”的，即可喻为上品，甚至译作的品位高于原作。云南大学文学院教授姜文清先生的短歌翻译，采用了汉语 3、4、3、4、4 音（字）的译法，此译法是长期精心研究的选择，其不仅在句式长度上与短歌相仿，且音（字）义的数量上也接近，是数百年来和歌汉译形式探索中取得的新成就。姜文清教授的译歌清雅璞拙、澄澈锃亮，使日本古老的和歌在汉语中兼有了古歌诗、乐府诗和小令的味道。

和歌生发于日本尚无文字的古代，源远流长，蕴涵着一个民族的诗意初心，最能显露日本的艺术精神。日本的艺术精神是什么？人们可以从日本古今所有艺术创造中去寻求自己的答案。比如可以用春之樱红、夏之蛙鸣、秋之菊黄和冬之雪白，来解读日本艺术形象中的情愫和禅意，也可以从浮世绘,甚或民间艺术中看出和歌对日本世俗生活的影响。姜文清教授在本书前言里，对比了中国古典诗歌与和歌在诗意创造方面的近似与不同，认为“中国传统诗歌的艺术宗旨是：言—意象—意境—言外之意、味外之旨；日本和歌有着相近的观念：词—心象—姿—余情、景气”。其从音韵、意象、意境、韵味诸方面分析，得出了中国传统诗之“复合之美”与和歌“单纯之美”的论断，可谓卓拔高见。姜文清教授说：“日本文学的代表性的审美趣味可以说是‘物哀’。”这一见解，让我想到了中国文学审美趣味的“物感”（“以物起兴”或“感物吟志”）这个概念。钟嵘《诗品序》认为诗有“三义”，第一义就是“兴”：“文已尽而意有馀，兴也。”《诗品序》又云：“气之动物，物之感人，故摇荡性情，形诸舞咏。”这么说，“物感”与“物哀”分别显明为两个民族诗意基因的某种特质，是可以提出来讨论的。

在此大作上梓之时，为表敬意，不揣鄙俚，忝为之序。

2019 年 1 月 28 日　燕庐

# 前 言

姜文清

《日本古代和歌400首——从上古到平安时代前的日本和歌》(所言“古代”，这里是一个狭义的说法：不仅是相对日本近、现代而言，而且是相对于日本的“中古”“中世”“近世”而言的古代)[1]，对日本古代(上古至平安时代以前：六世纪后至八世纪)的和歌(短歌)作了编选和翻译，共选、译了四百首(实为404首)和歌，并对各首做了详略不等的阐释。

1 日本的“古代”，主要包括：1.大和时代（约2世纪—6世纪末）；2.飞鸟时代（593—710）；3.奈良时代（710—794）。就和歌史来说，5世纪中叶后有了以汉字为注音符的形诸文字的记录。

## 一、关于日本和歌及其古代和歌

和歌，与最早的日本文学——神话传说同起点，有着古老的生命。约从公元600年开始，有着14个世纪的和歌文学传统，是日本文学的核心，不只是诗歌，也是物语作者的心魂，是物语创作的原动力。甚至可以说：日本文学史开篇以来的散文随笔，能乐谣曲，莫不回旋着和歌的情思意味。近现代的日本文学的表现与发展，如果说到与其传统文学的关系的话，都能看到与传统的诗歌——和歌与俳句等的深切悠长的关系。

和歌也成为日本名胜古迹的“歌枕”，标志和表现着其风俗、人情，美景、故实的特质，渗透入旅情，唤醒历史情思。还常常表现为立于各地的天然石风貌刻写的“歌碑”。

和歌也和俳句一起，成为融入日本民情风习的重要文化活动。至今，有着广大的民众基础，有成千上万的热衷参与者。

所谓和歌，指的就是以5、7、5、7、7，31音为形式的短歌。虽然日本古代流传下来有长歌、短歌、旋头歌、片歌等不同形式的诗歌，但其诗歌传统上最重要、最有代表性，占最大多数的和歌，就是短歌。[1]

日本和歌的重要“歌集”和时期有下列几个：

**1.“记•纪歌谣”**

日本古史、神话传说集《古事记》《日本书纪》中保存了共369首古歌，除去重出者，实数约为200首。其中，短歌约有100首。其形式特点是，正在走向五音节和七音节为主体的样态。其作者以天皇、皇族为多(但不少可能出于后来编辑者的附会，将庶民之作归于其名下)。另外，在《续日本书纪》《风土记》中，也保存有数目不等的和歌。总体内容上，恋歌最多，其他，关于事变、战争、游宴之类亦有之。其内容和艺术特色都对

1古代的日本歌谣一开始并没有固定的形式，后来慢慢地出现了以5音和7音为单位的固定形式的歌体。①片歌（5 7 7），最简单的形式；②旋头歌（5 7 7/5 7 7），片歌重复两遍；③四句体歌（5 7/5 7），重复5 7两句，多见于《古事记》和《日本书记》中；④长歌（5 7/5 7……5 7/77），把5 7重复三次以上，最后加上一组7音；⑤佛足石歌（5 7 5 7 7/7），短歌加一7音，奈良的药师寺的佛足石歌很有名；⑥短歌（5 7 5 7 7），（旋头歌减一7音，四句体歌加一7音，两说）。

短歌是和歌的主体，如《万叶集》4560首歌中，短歌有4200首。故说“和歌”就是指的短歌。

后世的和歌产生了重大的影响。其朴素简练，形象生动等，为后来的歌作所效法。

本书404首和歌中，“记•纪歌谣”等选取了六十多首。

## 2.《万叶集》

日本现存最古老的歌集，为大伴家持于8世纪后半叶（771年以后）收集整理编辑而成。分20卷，共收录长歌、短歌、旋头歌等约4500首，其中短歌有4200首。作者从天皇到庶民，地域涉及以大和地方为中心的全国各地。其中一大特色是收录了很多东歌、防人歌等东国民众的歌谣。特别是占半数以上，即2000多首，是“无名氏”的作品。这些作品多是经过长期的口头流传，而积存下来的有着较高的艺术魅力的佳作。

和歌从内容上的分为三类：

相闻：以歌颂爱情的诗歌为中心，也包括表现父子、兄弟、友人之情的赠答歌。

挽歌：追悼逝者的歌。

杂歌：其他歌作，多为描写天皇行幸、出游、设宴的歌。

《万叶集》以“真”（或称为“诚”）为艺术理念，

主调是真率无拘，乐观向上。本书选取的歌作中的约三百四十首，出自《万叶集》。

### 3.《古今和歌集》(简称《古今集》)

《万叶集》以后到平安时代初期（9世纪前期）的一个多世纪里，由于对中国文化的输入和模仿，汉诗、汉文的创作异常繁盛，而和歌的创作则走入低谷。10世纪初期宫廷中掀起和歌复兴运动，在醍醐天皇的敕命下，《古今和歌集》终于被编辑成了。撰者：纪友则、纪贯之、凡河内躬恒、壬生忠岑，全集20卷，收录和歌1100余首。成为最早的敕选和歌集。

《古今集》的部类有春、夏、秋、冬、贺、离别、羁旅、物名、恋、哀伤、杂、杂体等。这种部类组成成为后世敕选和歌集的典范。

### 4.《新古今和歌集》(简称《新古今集》)

《古今集》以后到15世纪的室町时代，一共编纂成21部敕选和歌集。收录歌数虽然不定，但每部都是20卷。这一时期被称为《私家集》的个人歌集也被大量编纂。然而在这些歌集中可以与《古今集》并称的只有《新古今集》。

镰仓时代初期（1201年）后鸟羽院天皇命令撰选和

歌。编撰者：源通具、藤原有家、藤原定家、藤原家隆、藤原雅经、寂莲法师，1205年，《新古今集》的编纂工作基本完成。这以后，后鸟羽院又对《新古今集》进行了增减、删改，最终收录1981首。

《新古今集》是日本古代和歌艺术成就的重要代表，是中世艺术流行的“幽玄”“妖艳”理念的源泉。在日本艺术史上占有极为重要的地位。

**5.近代**

镰仓时代以后，和歌的创作日趋保守，往往拘泥于一定的格式。到江户时代，旨在从传统的束缚中解脱出来，歌颂人性的自由的革新运动即已出现，但仍以花鸟风月为主体，未能从形式主义中解放出来。直到明治30年，终于迎来了近代短歌的革新运动。

主张俳句革新的正冈子规等，反对守旧的“《古今》崇拜”之风，强调“万叶调”是一流的，呼吁重视“写生”精神。以与谢野铁干和妻子晶子为首的另一个歌人集团“朝香社”，创立了《明星》杂志，刊登歌作。特别是晶子热情地歌颂奔放的浪漫美，在当时颇有影响。

到了战后，小田切秀雄等人提出短歌否定论，指出了短歌思想性的欠缺。这样，以使短歌再生为目的的“新歌人集团”诞生了。兴起了前卫短歌运动，摸索着适应当今时代的短歌创作道路。

**6.关于本书选译的“日本古代和歌”**

《日本古典文学大系•3》(岩波书店)，是专门的一册《古典歌谣集》，包含:《古事记歌谣》《日本书纪歌谣》《续日本纪歌谣》《风土记歌谣》《佛足石歌》。分别有歌112首、128首、8首、20首、21首。(此外，还载有数种“神乐歌”“催马乐”等所谓“艺谣”数种多首。“艺谣”是祭祀等礼仪上的歌舞的歌词。)

所谓日本古代和歌，就是产生在7世纪到8世纪约二百年间，收集在《古事记》等古籍和《万叶集》中和歌。现对这两部分和歌作一个观照和介绍。

本书收选的“记•纪歌谣”66首，风土记歌谣3首。能够体现出日本古代歌谣的这样的特点：风格朴野，直率直言，情欲心愿，无挂无碍。即使是出于“神”或天皇名下之作，也“原欲”张扬，几无比兴，情思直露。直接以民歌面目出现者，更是如此。试看:

层云涌，八重垣墙，藏娇妻。出云垣成，八重垣起。

（1 须佐之男命）[1]

一位荒暴的神，在得到美丽女子栉名田姬后造宫筑屋时所唱。

苇原上，茅屋小巧，菅垫柔。你我欢卧，情意难收。

（4 神武天皇）

传说中的“神武”天皇，在得到伊须气余理姬时所歌。

远雷震，波陀女郎，名声响。今枕我臂，睡得甜香。

（14 仁德天皇）

此天皇在得到美女发长比卖，二人欢卧时所歌。

两件衣，重层穿之，真美事。夜寝二床，可怕之至。

（21 磐姬皇后）

仁德天皇之妒后，在得知仁德欲纳八田皇女为妃时歌以斥之。

高滨海，风行波上，声萧瑟。想妹为妻，丑贱皆可。

（57 常陆国风土记民歌）

前有歌作言其地人情风物之美盛，接而有此歌。末

1歌作后数字为其在本书中的编号，作者也写在括号中。

句似见其情思之强烈。

此外，武烈天皇与臣子平群鲔，在歌垣中为争夺女子影媛，几欲拔刀相向有对歌数首（见46–50）。

后面所选的歌作，基本上尽出于《万叶集》。感觉万叶歌风，在情欲表现上较前为温和，而遗影犹在。更加风俗亲切，情深意厚；错综比兴，融汇汉风；独具风情，斐然可观！最显出众者，有柿本人麻吕、山上忆良、大伴旅人、山部赤人、大伴家持等位。

**冠盖销，宇治川水，渔具漂。水流波荡，踪迹渺渺。**

（121 柿本人麻吕）

写富贵浮云，荣华易逝。生动而深刻。

**忆良我，席间告退；儿泣盼，其母负儿，念念牵肠。**

（181 山上忆良）

短短一歌中，展现了三个哀切动人的形象：穷愁官员、娇弱之儿、糟糠之妻。

**松浦川，钓鲇女郎，湿裙裳。姿容照水，辉映生光。**

（212 大伴旅人）

劳作中的女郎，辛勤、美丽，光耀河川。

**若浦滩，涨潮之时，水平岸。芦苇生处，鸣鹤高翔。**

（229 山部赤人）

多样的动态有声的风景。

**春园中，香艳弥空，桃花红。红光映路，美人延伫。**

（281 大伴家持）

美艳之风，汉诗情调。

最以淳风动人，哀情感人，多姿多彩的是东歌、防人歌、无名氏之作。

**若相思，就请来吧！等君时，揉碎墙边，杨柳新枝。**

（341 东歌）

在情节和细节的展示中，爱情更显真切动人。

**苇墙角，我妻悄立，掩面泣，泪袖淋漓。我常忆起。**

（352 防人歌）

当时出征男假装没注意、没在意，而情景长在心中。

**春红漾，空飞流霞。青柳杈，衔枝弄叶，娇莺恰恰。**

（362 无名氏）

景有宏、细，歌出“高人”！

**手珠响，铃铃音和，足玉鸣。为君制衣，赶期辛勤。**

（375 无名氏）

应七夕事，写织女，手珠足玉之音响，为中国的相关文献所未见。

以上的简单介绍，也权作抛砖引玉，引起诸位读者的关注吧!

《万叶集》早期的歌风特点是浑厚朴素,感情真挚。从古代歌谣的偏重于叙事，开始转向写景以寄情。

中期歌作，题材多样化了，有更精当的构思。所表达的感情丰富而健康，表现手法是洗练的，较少有烦琐雕琢的痕迹。

中后期较重技巧，有模式化倾向。格调更为清凄，开始了对幽寂情调的追求。

后期，歌风表现为追求朦胧的情思和意境，显得意味曲折，绮艳清丽，细美幽约。开朗与浑朴不如前，但深刻地影响了日本后世的歌风，开平安时期的《古今和歌集的》的“古今调”的先河。

至于难以明确分期的大量的民歌。这主要是东部广大地区的民谣。“东歌”多写男女爱情；“防人歌”唱叹征戍之苦，都显得热情而质朴。“无名氏”之作，多显令人惊叹的光彩。

总之，浑朴而真率，有着强烈的自我抒发的倾向，季节感的抒写，深情的对自然的爱，时而见轮回无常之隐忧。这就是古代日本和歌的风格。

本书选取了四百首古代和歌，做了翻译和阐释。以后，尽自己所能，再将中古（平安时代）和歌、中世近世（镰仓、室町及江户时代）和歌、近代（明治到战后）和歌，作分别的选取和翻译。

## 二、日本和歌的艺术发展

《万叶集》《古今和歌集》《新古今和歌集》的艺术特色比较

《万叶集》健康真挚；表现手法，质朴真率；体现“真言”“诚”；风格上，由衷而歌，任情而发。

《古今和歌集》凄伤深沉，刻缕精细，崇尚“物哀”，感叹哀情。

《新古今和歌集》多抒发出世之情，象征表现，梦幻色彩。艺术理念：“幽玄”“妖艳”“余情”；追求：象征性，华艳美，深层含意。

可以将其同题材歌作做一对照：

内容一：涉及“春莺”“飞雪”。

**御苑内，绿竹林中，早莺啼。恰恰频唱，雪花飞扬。**

《万叶集》：大伴家持《十一日大雪落积尺有二寸，因歌之》卷十九，4286）

梅枝上，恰恰娇音，啼黄莺。“春来春来”，飞雪不停。

（《古今和歌集》：无名氏《无题》卷一春上，5）

逢坂关，早莺鸣唱，无歇时。落雪纷纷，杉叶银白。

（《新古今和歌集》：后鸟羽院《和歌之所，和关路莺之唱》卷一春上，18）

内容二：涉及“忍恋”之心（暗恋而伤情）。

有传言，贤国之地，红花放。花色虽红，思君气绝。

（《万叶集》：大伴坂上郎女《无题》卷四相闻 683）

红花放，艳红迸出；潜流水，滔滔涌出。恋情摧心。

（《古今和歌集》：纪友则《宽平御时后宫歌合之歌》卷十三恋三 661）

如天漏，云峰深处，秋雨长。红叶之下，袖飞血泪。

（《新古今和歌集》：藤原良经《…忍恋之心之歌》卷十二恋二 1087）

体现出三歌集的发展变化趋势：唯美倾向的加深，细致精工的发展，从社会人生中得到的欢乐感日渐消失，而哀伤感逐渐深化。

一方面表明了和歌创作在艺术上日趋成熟，形成更为自觉的艺术匠心，使这种创作活动成为更充分受控的审美感受和审美创造活动。另一方面，从歌作的思想情感内容上表明了皇权贵族的奴隶制统治的趋向末路，从而使基本上代表着这一阶级思想意识的歌人们的思想感情发生日愈深重的悲剧性转化。

## 三、在与中国诗歌的比较中看和歌的艺术特色[1]

明石浦，朝雾朦胧。岛影后，一叶行舟，牵我远愁。

（佚名 《古今集•羁旅 409》）

故人西辞黄鹤楼，烟花三月下扬州。孤帆远影碧空尽，惟见长江天际流。

（李白《送孟浩然之广陵》）

这是送别之作，是中日诗歌中的名作。

视野中，樱花杳然，红叶无。浦上茅屋，暮色秋风。

（藤原定家《新古今集四•秋上》）

---

1本部分，可参读姜文清著《东方古典美 ——中日传统审美意识比较》（中国社会科学出版社 2002 年版），第十一章“中日古典诗歌艺术比较思考”。

无世情，不觉依然，知悲秋。鹬立泽边，暮霭已稠。

（西行《古今集·秋下》）

寂寥色，本应难上，罗汉松。松木山上，暮色秋风。

（寂莲法师《新古今集四·秋上》）

繁阴乍隐洲，落叶初飞浦。萧萧楚客帆，暮入寒江雨。

（柳淡《江行》）

沅湘流不尽，屈子怨何深。日暮秋风起，萧萧枫树林。

（戴叔伦《题三闾大夫庙》）

沙头一水禽，鼓翼扬清音。只待高风便，非无河汉心。

（张文姬《沙上鹭》）

这是悲秋之叹。和歌三首是有名的“三夕之歌”；中诗虽非名作，但也是入于《唐诗别裁》的佳篇。

中国诗歌讲求：“言”“辞”，“象”“万象”“意象”，追求：“境”“意境”，要在接受与欣赏中得到“言外之意”“味外之旨”。

日本和歌理论也有“心”“词”“姿”“景气”“余情”等的论述：“词”是语言；“心”指心象，是表达的内容；“姿”是总体风貌；“余情”“景气”是物象与情思统一的深层意味，是言外之意。简而言之：

中国传统诗歌的艺术宗旨是：言—意象—意境—言外之意、味外之旨。

日本和歌有着相近的观念：词—心象—姿—余情、景气。

**1.关于音韵**

和歌篇制短小，其音、意包容量有限。汉语译文，以 18 音（甚至还可以更少），就能表达出其原意。

和歌读音极平，全如汉语的阴平调发音，所以整个语调显得平缓单纯。和歌虽不适合用于表现雄壮、崇高的风光和事件。但相比较而言，因其少有格律的规制，在音声上显得较随意自然。

日本和歌在音节数上比较少，因而使诗作篇制短小；其与中国的绝句、小词相比较，在音韵上也缺少既变化又整一之美，但它们显得平淡无华，自然无拘，仿佛“空中的柳浪，池上的微波”，“以单纯取长，以清淡制胜”（郁达夫语）。

在诗歌中，语音表示的语义，主要用来描述意象并表达感情。意象数的多寡，在某种程度上反映了中日诗歌的不同风格。在相近的音节数表示的语义中，中诗的意象容量比和歌大许多。这是因为日语的单音节词很少，绝大多数词都是两音节以上，甚至是多音节的词。

**2.关于意象**

“以和为贵”一语，用日语表述，则应该是“和を以って尊しとなす”，加上“尊”这个字要读“とうと”三音节，这一句需读十一音节，约为汉语表述的三倍（见金男一春彦《日语的特点》)。日语文句中的很多意义，是以汉字的形式来表达的。日语汉字的读音又往往是数音一字。这样在日本和歌31音节中，再除开不少表示语法和关联等的语音后，是难有很大的意象容量的。

在音数相近的情况下，中诗所含意象远多于日诗。中诗在丰茂的意象的组合中，形成复合之美；日诗在简洁的意象的组合中，形成单纯之美。

**3.关于意境**

和歌表现联想、想象中的“心象”，形成在情景交融的、有“余情”的歌“姿”；表现闲寂轻灵纤巧的景致，传达内心深处的感受。形成“韵味”“余情”的艺术效果。日和歌从原文看（译文对其意象有所扩展）形象较单纯，所留空白余地较大。日本文学的代表性的审美趣味可以说是“物哀”。描写清寂的景物，寄托幽深的情怀——特别是恋情——这是日本和歌的“物哀”的意象的特色。

中诗的“意象”更工致，“空白”也相对较少；“结言端直”“意气俊爽”的“风骨”之作的意象，总是与“功业”“怀抱”的高亢抒发相伴。这是中国诗歌的一个重要特色。

**4.关于韵味**

和歌之重视“余情”，中诗之强调“韵味”，体现出共同的对最优秀诗歌的审美评价标准。

日本和歌中形象比较单纯，所留空白余地比较大。取景较纤小而单纯，更重视感情的自然流露和不依托于“物象”的直露表达。情感炽烈，特别在对恋情的表白上，常常直露无隐。在单纯之美中，让人体会其情感，揣测其“余情”。

中诗在丰茂之美中，让人便于追索“韵味”；日和歌的单纯之美中，让人更足以想象其“余情”。“余情”是比“韵味”更为开放的空间，而后者是更需要才学和经验才能求取的言外之意。中国诗歌取景较开阔而丰富；有着怀古的忧思，志向的鼓吹。多抒发主体的情思，展示出了情思与景物的融浑一片的“情境”、意境。当欣赏诗作时，呈现为具有含蓄美的“韵味”。

从以上列述的四个方面看来：

多样性的音韵美，传达出丰富多样的意象，建构出完整的意境，形成深永的韵味，这是唐人绝句所标示的中国古典诗歌的艺术特性。

平和自由的音韵美，单纯简淡的意象，较松散自然的歌“姿”，留下更多的想象体味的空间，这是和歌所代表的日本古典诗歌的艺术特性。

所同者还有对情景交融的抒情性的追求，所异者还有在抒情时的或较隐含或更直露等。

## 四、向古人学习日本和歌的中文翻译

现能看到的最早的和歌翻译为中文，出自明代李言恭、郝杰撰《日本考》(中华书局 1983 年版)，选取和歌 39 首，加标题，写出日文草体假名、日语汉字、词语解释，最后是汉译 ( 称为“切意”)。译文形式有：五言四句 ( 此为多)、七言二句、四言四句、“七七五五”、“七七四四”和词曲体等。( 前二种“五言四句”和“七言二句”，多为后来的译者仿效；还有“非定型”的句数字数不限。这三种为近数十年译和歌的主要形式。）

《日本考》的译法形式值得注意的是“词曲体”。如：

2.夜坐倦，猛思念，我心不快活。睡倒时，风吹松动，惊醒难安。

原文：夜もすがら思いたり実りも我が心松吹く風に驚重ねて

9.月非昔月，春非昔春。我身不比故旧，故旧不是我身。

原文：月やあらぬ春や昔の春ならぬ我身一つは元の身にして

13.负薪春樵，路旁偶见樱桃。摘了又摘，担重难挑。

原文：路のくろ忍の桜折り添えて薪を重き春の山人

16.夏天二十三，月夜等候君，人前假说，这里候月出。

原文：夏出で二十三夜の月待つと人には言うて君をこそ待つ

20.日月同天，想他那里，我思念人，有人思我。

原文：月も日も其方の空も懐かしや我が思ひ人

の有ると思へば[1]

且不说译意之恰切。更兼句式自由错落，尽量押韵，有似词曲。很值得关注和效仿！

## 五、中国词与译日本和歌

5、7、5、7、7，31 音的日本和歌，译为中文，当可尽量保持其基本的 5 句句式、其长短错落的句子形态。由于日语的 31 音，大约只包含 15、16 个字义，故不能译为 5、7、5、7、7，31 个汉字，只能压缩字数来译，译为 3、4、3、4、4，18 音（字），这与原句的句式长度，在比例上是切近的。

原文 5∶7≈0.714，译文 3∶4≈0.75，两相近似。（设如：3∶5≈0.6 ； 4∶6≈0.67，则有差距。）

汉字 18 音所包含的字义，也相近、相当于 31 音日语所包含的意义。

---

1明・李言恭、郝杰编著：《日本考》，中华书局 1983 年版，第 102-120 页。

译和歌为中诗五言4句、七言2句，似乎靠近了中国的诗歌传统；或其他长短自由的形式，似乎有点像新体诗（如毫不押韵，则更无趣）。其实不当！它漠视、抛开了中国诗歌传统中的“词”（长短句、诗余）的存在。和歌在形式上的与词相近，译和歌为近“词”的样态，是可行和切当的！

词，虽无3、4、3、4、4，18音（字）一首的词牌，但有多个词牌有这样的3、4、3、4、4，18音（字）的建构。如：

(1)《惜黄花慢》（108字，上片13句，下片12句），其上片之9句至13句。

(2)《高阳台》（100字，上片11句，下片11句），其上、下片之7句至11句。

(3)《龙山会》（103字，上片12句，下片12句），其上、下片之8句至12 句。

(4)《曲游春》（108字，上片12句，下片13句），其下片之9句至13句。

(5)《花心动》（103字，上片12句，下片11句），其上片之8句至12句。

(6)《解连环》（106字，上片13句，下片13句），其下片之9句至13句。[1]等等。

以上(1)(2)押平韵；(3)(4)(5)(6)押仄韵。句中平仄交错，多样而灵活。主要如：

（—平；｜仄；＋可平仄；d顿；j句；u韵）

平韵之：｜—｜d　＋｜——u　｜｜—(u)　｜—｜｜j　—｜——u　(1)

**暮愁锁、残柳眉梢。念瘦腰。沈郎旧日，曾系兰桡。**

（吴文英《惜黄花慢》）

仄韵之：｜＋｜d　＋——｜u　＋—＋d　｜—｜｜j　｜—｜｜u　(6)

**望寄我、江南梅萼。拚今生、对花对酒，为伊泪落。**

（周邦彦《解连环》）

试以这样的形式译下面三首短歌：[2]（译文后的数

1见盖国梁主编《中华韵典》，上海古籍出版社2004年版，第954、885、919、920、923、948页。

2此三首见本书第081、127、287首。其第二、三首，本人曾译为3、5、3、5、5，如下：

天如海，云涌波浪起，月舟行。云海星林间，形影总依稀。

春之野，霞光渐暗淡，人悲伤。一缕夕阳里，黄莺正鸣唱。

见《东方古典美——中日传统审美意识比较》，中国社会科学出版社2002年版，第182、184页。

字为在本书中的序号。）

1.君待つと　我が恋ひ居れば　我がやどの　簾動かし　秋の風吹く

（额田王《思念近江天皇作歌》《万叶集》四•488）

待君苦，情思绵绵。我之屋，户帘轻动，秋风入帘。

（81）

2.天の海に 雲の波たち 月の船星の林に 漕ぎ隠る見ゆ

（柿本人麻吕《天の詠む》《万叶集》七•1068）

天如海，云涌波起，月舟移。云海星林，形影依稀。

（127）

3.春の野に 霞たなびき うら悲し この夕影に うぐひす鳴くも

（大伴家持《万叶集》十九•4290）

春之野，霞光叆叇，染悲怀。夕照阴影，黄莺声哀。

（287）

我国日语翻译学界虽经过不少学术探讨，对和歌译为中文，采取的主要是五言体和自由体。对上面三首和歌，在三种有名的译著中就是这样翻译的。[1]

以中国“词”的长短句的形式译和歌，用 3、4、3、4、4 句式，一是在诗歌形式上较能保留和体现原歌，错落而又整一的形式感；二是较能体现和歌形式短小，用语直截、精省的特点；三是能展示和歌常常借用、化

---

1一、《万叶集》，杨烈译，湖南人民出版社 1984 年版，上第 116、239 页，下第 732 页。

我正恋君苦，待君门户开。秋风送我户，帘动似人来。

浩浩天如海，浮云似海涛。月船来海面，隐渡星林高。

春野春霞起，心中悲感情。夕阳阴影里，处处是莺声。

二、《万叶集》，赵乐甡译，译林出版社 2002 年版，第 133、264、815 页。

待君来，恋思正涌；／房门垂帘忽掀动，／竟是秋风。

望天海，云波涌；／可见船儿摇，隐入／星星林中。

夕暮临春野，缭绕霞起；／伤心对残照，／更兼黄莺啼。

三、《万叶集选》，李芒译，人民文学出版社 1998 年版，第 13、70、247 页。

怀念人难逢，待君一片情；吾门帘幌动，缓缓送秋风。

青天为瀚海，云舞似波腾；月游如钓艇，影隐星林中。

春野飘苍霭，难禁悒郁情。夕阳残照淡，阵阵听黄莺。

用中国古典诗文的词句的艺术表现特质。

关于押韵。日本古典诗歌：和歌、俳句等，本只有音数律（各句音数有定），而无音位律（平仄“或轻重、长短”）和音性律（押韵）要求。

> 音律可分为音性律、音位律、音数律。在中国诗中，这三个音律都是必要的，而在日本的诗歌中，音律主要是音数律。音性律和音位律都不重要。[1]

翻译时，一首中第二、三、五句押韵（或可二、五句押；或可三、五句押。平韵、仄韵皆可；一首中也可平仄皆用），这样似可既体现原歌的错落句式的意味，也可读来有中国如“词”一般音韵感。译和歌为中文，音数相应，平仄类于词，有押韵，亦可为歌诗也。

---

1见久松潜一：《日本文学评论史·总论歌论篇》，至文堂 1942 年版，第 71 页。

## 六、本书的编选、翻译、阐释及其他

本书的资料和参考、参阅书主要有：

1.《日本古典文学大系 3・古代歌谣集》，岩波书店 1969 年版。

2.《日本古典文学大系 4・万叶集一》，岩波书店 1969 年版。

3.《日本古典文学大系 5・万叶集二》，岩波书店 1969 年版。

4.《日本古典文学大系 6•万叶集三》,岩波书店 1969 年版。

5.《日本古典文学大系 7•万叶集四》,岩波书店 1969 年版。

6.《万叶秀歌》(上下卷，岩波新书)，斋藤茂吉编著，岩波书店 1979 年版。

7.《日本名歌集成》，秋山虔等编，学灯社 1988 年版。

8.《万叶集》上下册，杨烈译，湖南人民出版社 1984 年版。

9.《万叶集》，赵乐甡译，译林出版社 2002 年版。

本书和歌翻译采用的是上文说到的 3、4、3、4、4,

五句十八字的译法，其形式感靠近和歌，情调靠近中国“词”。平仄不拘于词谱之律，读之畅达则好。押韵也不拘于词谱，或押平韵，或押仄韵，极少数平仄通押；用今韵（20部）[1]。释文主要是鉴赏和说明，以助阅读之兴。从选到译到释，不妥之处，敬请方家和热心读者，多多赐予教正！

2018年8月

1盖国梁主编：《中华韵典》，上海古籍出版社2004年版。

## 目录

## 须佐之男命（須佐之男命 すさのおのみこと）

日本神话中的神，是伊邪那岐访问黄泉国后，祓禊时洗鼻腔时生出来的。粗暴惹事，后为出云国须佐地之男神，再后斩杀八岐大蛇，从其尾得草薙大刀，献之于天照大神（乃其姊）。

1. **层云涌，八重垣墙，藏娇妻。**

   **出云垣成，八重垣起。**

   须佐杀大蛇，救了栉名田姬，在出云国建立宫室藏娇其中，幸甚乐甚而歌之。其 31 音之歌体，为《古今集》序所肯定。

やくもた　いずも　や　えがきつまご　　　や　えがきつく
**八雲立つ出雲八重垣妻籠みに八重垣作るその**
や　えがき
**八重垣を**

（《古事记・上》；记歌 1）

## 丰玉姬（豊玉姫 とよたまびめ）

传说中海神之女，在海之宫殿中迎来山幸彦（火远理命），与之结婚。有神力，为夫之帮手；生一神子后，回归大海。记纪中有歌一首。

2. **红光泛，红玉丝绦。难比君，**

**尊贵姿容，玉树风摇。**

丰玉姬怀想其夫君火远理命时所咏之歌。她在海边化身为长鳄产子时为夫所窥见，羞愧而隐入海，将其所生子托其妹玉依姬照料。此歌为其后久不见夫君时所咏。表现的是她初见夫君时的强烈美好的印象。

あかだま　お　ひか　しらたま　きみ　よそひ　たふと
**赤玉は緒さえ光れど白玉の君が装し貴く**

**ありけり**

（《古事记·上》；记歌 7）

## 火远理命（火遠理命 ほをりのみこと）

迩迩生能命与山津见神之女之子，生时产房起火。后得丰玉姬之助，降服海幸彦（火照命）。记纪写有其事。（日语神话传说中人名中的“命”字，意近同于“神”。）

3. **远岛上，海鸭徜徉。妹之招，**

**令我回味，永世难忘。**

此为答丰玉姬之歌。地点在海底海神之宫，并非某一孤岛。故事与歌意并不十分吻合。此当是流传于渔民中的恋歌，取之入了此故事。“冲之鸟”，后成了“鸭”的固定搭配词，即“枕词”（如《万叶集》卷十六之 3866、3867）。然在此尚未形成固定化，以其原意理解之。

**沖(おき)つ島(しま)鴨(かも)着(ど)く島(しま)に我(わ)が率寝(いね)し妹(いも)は忘(わす)れじ世(よ)の尽(ことごと)に**

（《古事记・上》；记歌 8）

## 神武天皇（神武天皇 じんむてんわう）

从神到人的第一代天皇，父为天神，母为海神之女。东征国觅时途经大和之地亩火时，即位于白檮原宫。在久米民歌中有其传说。

4. **苇原上，茅屋小巧，菅垫柔。**

**你我欢卧，情意难收。**

《古事记》说为天皇与其正妻伊须气余理姬之事。姬为出众之美女，神武求之于狭井川其家，娶而归。入宫而为后，此为其入宫后回想而歌。仅从其次句“小茅屋”来看，似为民歌而已。

**葦原(あしはら)の蕪(しけ)しき小屋(おや)に菅畳(すがたたみ)いやさや敷(し)きて我(わ)が二人(ふたり)寝(ね)し**

（《古事记・中》；记歌 19）

## 伊须气余理姬（伊須気余理比命 いすけよりひめ）

大物主神之女，后为神武天皇之皇后，生三子。《古事记》有其歌三首。

5. **狭井川，浓云涌起。亩火山，**

**木叶萧萧，阴风正急。**

神武殁后，伊姬成天皇之子当艺志美美之妻。彼长于姬，且欲除去姬所生之子。姬急告此危于己之三子，以歌二首告示，此其第一首。以风物景况暗示之。纯写景诗，至《万叶集》也还罕见。只是咒颂中人事与自然被视为同一，按此原理以成此诗。

**狭井川(さいがわ)よ雲(くも)立(た)ち渡(わた)り畝火山(うねびやま)木(こ)の葉(は)さやぎぬ風(かぜ)吹(ぶ)かむとす**

（《古事记・中》；记歌 20）

6. **亩火山，白昼云摇，晚风起。**

**风搅木叶，扰攘不息。**

伊姬续前歌的第二首。由于得到母亲的警示，得知了庶兄当艺志美美的阴谋，三个儿子杀死了他。先是哥哥神八井耳命去了，因心虚而未成事；结果是小弟神沼河耳命完成此事。于是他被兄长推尊继位，成了第二代天皇绥靖天皇。

**畝火山(うねびやま)昼(ひる)は雲(くも)とる夕(ゆう)去(さ)れば風(かぜ)吹(ふ)かむとそ木(き)の葉(は)さやげる**

（《古事记·中》记歌 21）

## 倭建命（倭建命 やまとたけるのみこと）

景行天皇之子，母为吉备津日子之女。因杀死强取父所爱之女的兄长，为父皇所忌惮、疏离，命其征讨熊曾建及东方十二道，劳顿而死于征旅途中，灵魂化为白鸟（天鹅）飞去。在《古事记》等中传有八首和歌。倭建命是《古事记》中，形象多彩动人的悲剧人物。

7. **出云建，彼之大刀，葛草包。**

**没有刀身，可叹可笑。**

据《景行纪》载：倭建命去打出云国，他与彼国之首领出云建交往，沐于肥河时，换去了彼之大刀，代以草绑木刀；后遂将其杀死。此即彼时之歌。结尾的“物哀”（あはれ），有同情之意，也有嘲笑之意，这里兼具二者。作歌者，有“时人”之说，但应是倭建命为妥。 やつめさす（八芽刺出藻）是出云之枕词修饰语。此首也表现出对倭建命个性的塑造。

**やつめさす出雲建(いずもたける)が佩(は)ける太刀(たち)黒葛(つづら)多(さは)巻(ま)きさ身(み)なしにあはれ**

（《古事记·中》；记歌 23）

## 8. 过新治，又过筑波，几夜眠？过了九夜，一共十天。

前半为倭建命歌，后半为值夜举火的老人所歌。据《景行纪》：从日见高国，经常陆，过甲斐，到酒折八幡宫时，以片歌（半首，5、7、7）作问（本片歌，实是 4、7、7），以片歌作答。此歌之原型，当是筑波山的新婚夫妇唱的民谣：回忆筑波：睡了几夜？我们在哪儿？表现亲爱感。这里将此歌组合进倭建命的传说中，表现漫长困苦的征旅，体现怀古的意味。

**新治筑波(にいばりつくは)を過(す)ぎて幾夜(いくよ)か寝(ね)つる（日日並(かかな)べて夜(よ)には九夜(ここのよ)日(ひ)には十日(とおか)を）**

（《古事记·中》；记歌 25、26）

9. **大和国，挺秀海傍。山叠嶂，青垣环。**

**中笼稻浪，大和美奂。**

受命出征的倭建命从尾津来到能烦野时，思念、赞颂大和国（日本所谓“见国”“思国”）而作歌。“尾津”，伊势国桑名郡尾津张；“能烦野”，三重县铃鹿郡西北部的原野。歌中所说的“真秀”，本意指陆地；“秀”一指海浪、稻浪之美；“秀”也意味着大和的陆地高高隆起，挺秀之意（如“庐山秀出南斗傍”——李白诗《庐山谣寄卢侍御虚舟》的用法）。本首的诗形、样式并不是严正的短歌形式，其音数建构是：4、7、5、4、6、8，六句34音，是日本古代和歌正在走向5、7、5、7、7, 31音的短歌的演进过程中。这里，变通地将其译为中文3、4、3、3、4、4的形态。

やまと　くに　まほ　たた　あおがきやまごも
**大和は国の真秀ろば畳なづく青垣山籠れる**
やまと
**大和しうるはし**

（《古事记》；记歌20）

## 10. 全性命，征战归来。平群山，浓绿织毡。檮木阔叶，鬓边插上。

此为接上一首，倭建命的又一咏歌。咏及征战回归之人，来到平群山时的情景。在如织毡般葱茏的平群山，把白檮（即橿木）之阔叶插于鬓边，取其生命力之焕发，与人的生命力相应和。类同上一首，是：4、7、5、7、7、8，六句34音，将其译为中文3、4、3、4、4、4的形态。

**命(いのち)の全(また)けむ人(ひと)は畳薦平群(たたみこもへぐり)の山(やま)の熊白檮(くまかし)が葉(は)を髻華(うず)に挿(さ)せその子(こ)**

（《古事记》；记歌21）

## 11. 可爱哟，我的故乡！云涌瑞祥！

原文首句“はしけやし”，应为“はしきよし”（学者据《日本书纪》考订）。表示爱与咏叹，是“我家”“云涌起”的修饰语。本首是“片歌”（5、7、7）

的形式。译为3、4、4句型。

わきえ　かた　くもいた　く
**はしけやし我家の方ょ雲居立ち来も**

（《古事记》；记歌22）

## 弟橘姬（弟橘姫 おとたちばらひめ）

倭建命之妃，跟从倭建命平定东方十二部落；在走水海遇风暴，代倭建命以身投海以祭压之。《日本书纪》上虽有其家世之说，但实为传说中的人物。《古事记》有歌一首。

12. **山岭旁，相模原野，火熊熊。**

**挺身顾我，爱君之勇。**

《景行纪》载：在走水海，为平息海神之怒，弟橘姬以身为“人身御供”而投入海中。此即为其辞世之歌。此前，倭建命在相模而困于敌攻之野火中，曾高声呼唤，挺身营救弟橘姬。此歌中所咏即其时之事。本来，这应当是民间在烧荒时罹险之年轻男女之事。“记・纪”将其融入倭建命的故事中。燎空之野火，吞舟之涌浪，两情景一起给读者以巨大的震撼力；不顾自己的危险，在野火中营救自己的妻子的武将；为了丈夫的航海脱险而牺牲自己的妻子。由此描绘出了不凡的爱与美。本歌音数为4、7、5、7、7。

さねさし相模(さがむ)の小野(おの)に燃(も)ゆる火(ひ)の火中(ほなか)に立(た)ちて問(と)ひし君(きみ)はも

（《古事记・中》；记歌 24）

## 应神天皇（応神天皇 おうじんてんわう）

第十五代天皇，仲哀天皇之子。母神功皇后，生其于征高丽返国之筑紫。后讨平其异母兄香坂王、忍熊王，即位于大和之轻岛明宫。“记·纪”载其歌九首。

13. **远望中，葛蔓原野，人家稠。**

**高处神社，美不胜收。**

“千叶”是“葛”的枕词——修饰语。本首是从宇迟野远望葛野之作。“野”不同于“原”，是有倾斜的高低起伏之地：人家众多，且村里高处，神社所在，更显淳风。本首为3、7、5、6、7，28音。

**千葉(ちば)の葛野(かつの)を見(み)れば 百千(ももち)だる家庭(やには)も見(み)ゆ国(くに)の秀(ほ)も見(み)ゆ**

（《古事记・中》；记歌41）

## 仁德天皇（仁德天皇 にんとくてんわう）

第十六代天皇，应神天皇之皇子，名大雀命。在位时曾免除工程徭役，受到颂扬。其后磐姬皇后，性嫉妒。事见《日本书纪·仁德纪》。

14. **远雷震，波陀女郎，名声响。**

**今枕我臂，睡得甜香。**

应神天皇得日向国之美女发长比卖（日本神话传说中女子之名中的“卖”，即“め”，或写为“姬”，即女子、女郎之意），欣喜异常，亦宠爱。时太子大雀命（后为仁德天皇）再三求取得而得之，咏数歌。“古波陀”当为日向之地名，具体所指不详。“如雷”写其名声之大，“枕手”显独占之意。充分显示其爱怜、陶醉之意。

**道(みち)の後(しりこ)古波陀(こはだ)孃子(おとめ)を雷(かみ)のごと聞(きこ)えしかども相(あい)枕(まくら)纏(ま)く**

（《古事记・中》；记歌 45）

15. **远道来，波陀女郎，纯美样。**

**与我共寝，舒我怀想。**

是前一首的续作。“古波陀姑娘”为下三句的主语，提示语。她不做抵抗，老实地与我共寝。像远雷阵阵，名声远播的女郎，天真纯美地成了我的人儿。古代传说中，多有拒绝求婚的女子，这似乎是一种常见的事。故无抗争、不对立，且天真率性，更见可爱。来到都城的漫长旅途中，她从胆怯到应允，给人的感受，是可怜而可爱的。

**道(みち)の後(しりこ)古波陀(こはだ)孃子(おとめ)は争(あらそ)はず寝(ね)しくをしぞも愛(うるは)しみ思(おも)ふ**

（《古事记・中》；记歌 46）

16. **眺海上，小舟相连，人渐远。**

**可爱女郎，回往故乡。**

据《仁德记》，天皇所钟爱的吉备的黑日卖，慑于皇后的妒恨而逃往故乡。天皇从高殿上远眺难波之海上舟船离去的情景，而有此歌（但从结句的敬语的使用看得出是代言人之作）。小船是少女的象征；黑鞘（くろざやのま）、黑（くろ）、吉备（铁的产地），有刀剑的意味，都象征着天皇；远眺情人别离之舟，是传说故事的常见情景，这构成了歌作的内涵意味。

**沖(おき)へには小舟(おぶね)連(つら)らくくろざやのまさづ子吾妹(こわぎも)国(くに)へ下(くだ)らす**

（《古事记·下》；记歌 52）

17. **吉备人，收采青菜，山地上。**

**与之共作，其乐未央！**

难以忘怀黑日卖的仁德天皇，追其行踪来到吉备，见到正在采摘青菜的她，而唱出的和吉备人一起采青菜的歌。说“吉备人”，似不自然，原本应是“我之妹”之意，学者考为“是吉备某部人述作故事”。《万叶集》卷头的雄略天皇之歌，有类于此。不仅是共摘菜，更是表求婚之意。

**山県(やまがた)に蒔(ま)ける青菜(あおな)も吉備人(きびひと)と共(とも)にし摘(つ)めば楽(たの)しくもあるか**

（《古事记・下》；记歌 54）

## 黑日卖（黑姫 くろひめ）

吉备的法院部直家的女儿，姿态容端秀美艳，为仁德天皇所钟爱。为皇后妒恨，被迫逃归故乡。其事在《日本书纪》中无记载。

18. **西风吹，飘向大和，云已散。**

**消散退让，我心难忘。**

天皇与黑日卖相会时短，离别在即，黑日卖作歌以献。几与此相同的歌作，见于《丹后风土记》，为蓬山神女与浦屿子相别之歌。据藤田德太郎《日本歌谣研究》，推定为濑户内海的港口的游女之歌。撰写传说者采之以为黑日卖之歌，构想出色。风吹流云向东到帝都，形象鲜明强烈。原文说到的“退避”（退き居り），也体现出皇后威势下，逼使自己退让的弱者的感受。第四句仅6音。

大和(やまと)へに行(ゆ)くは誰(た)が夫(つま)隠水(こもりづ)の下(した)よ延(は)へつつ行(い)くは誰(た)が夫(つま)

（《古事记・下》；记歌 56）

19. **向大和，谁之夫君，悄回还。**

**谁之夫君，潜流情长。**

是前一首歌的连作。“隐水”，草木掩映着的水流，作“下”的枕词——修饰语，有潜隐之意。天皇本是皇后的丈夫，问“谁的”虽略有羡慕皇后之意，但更多的是表现出“他不外是我的丈夫”的自信心态——天皇虽惮于皇后的嫉妒，但私下里他与我的心是相通的。此歌的原型，是游女与客人相别之歌，在传说故事中做了巧妙的转用。

大和(やまと)へに行(ゆ)くは誰(た)が夫(つま)隠水(こもりづ)の下(した)よ延(は)へつつ行(い)くは誰(た)が夫(つま)

（《古事记・下》；记歌 57）

## 口比卖（口姬 くちひめ）

丸迩臣口子之妹，磐姬皇后之女官。因仁德天皇宠爱八田联皇女，磐姬去往难波。臣口子作为被派往迎回磐姬之使者，使命被拒，口比卖作歌以诉兄之苦。

20. **山代之，筒木宫中。我兄长，**

**雨中跪诉，泪水盈眶。**

口比卖咏其兄口子臣之差事之苦。为八若郎女被幸之事，皇后出走，怒而往住山代之筒木宫，仁德天皇为化解此嫌隙，派使者往说之。其第二次使者为口子臣。其时，他一心在于传达天皇之歌与话，而皇后移步于殿舍之前后，使口子臣难以开言。更意外的是，大雨骤降，庭中积水及于跪着的口子臣之腰，其青黑衣被朱红纽绊褪色而染成红色。时仕于皇后之口比卖，见之不忍而作此歌以诉兄之苦，言其兄近乎愚直的忠实与执着，表现出自己对兄长的怜惜无助的无奈。歌作朴实，不求技巧工致。

やましろ　つつき　みや　ものまお　あ　せ　きみ　なみだ

**山城の筒木の宮に物申す吾が兄の君は涙ぐましも**

（《古事记·下》；记歌 62）

## 磐姬皇后(磐姬皇后 いほのひめのおほきさき)

仁德天皇的皇后，生履中、反正、允恭三天皇。性情强悍激烈，多嫉妒，今见之文献皆如是说。《万叶集》卷二开头五首，皆爱情深至之歌。传其作者即为磐姬皇后。

21. **两件衣，重层穿之，真美事。**

**夜寝二床，可怕之至。**

应神天皇皇子大雀命即位于难波高汝宫，是为仁德天皇。其皇后磐姬性妒而悍，天皇欲纳八田皇女事数度欲言又止。至其二十二年，终决意咨问之，且作歌曰："尊贵人，我有誓言，纳此女。弓弦纵断，续弦以继。"受此歌后，皇后作上歌答之。

**衣(ころも)こそ二重(ふたへ)も良(よ)きさ夜床(よるどこ)を並(なら)べむ君(きみ)は恐(かしこ)きろかも**

（《仁德记》；纪歌 47）

22. **君出行，数日等待。欲迎归，**

**苦盼苦等，满山寻遍。**

仁德天皇召幸黑日卖，磐姬皇后妒恨而追放之；天皇感怀思念，谎称往淡路岛，而实往吉备见黑日卖。二人唱和之歌，见于《古事记》。以下四首为《万叶集》所载，此虽言是磐姬后所作，实为以传说之作托之耳。

**君(きみ)が行(い)き日(け)長(なが)くなりぬ山尋(やまたず)ね迎(むか)へか行(い)かむ待(ま)ちにか待(ま)たむ**

（《万叶集》二・85）

23. **恋如斯，相思太苦。倒不如，**

**高山枕岩，人世殊途。**

《古今集》恋一，亦有此类歌，词虽异而意近之，皆言死之乐胜于恋之苦。“死”之词，于《万叶集》之挽歌类一个也见不到，其为忌讳之词也。对其不忌讳而用之，在于“相闻“（爱情、亲情）之歌中，且数目很多。磐姬皇后之多妒，皆由其爱情深至而激烈。由此歌也可见之。

**かくばかり恋(こ)ひつつあらず高山(たかやま)の岩根(いわね)しまきて死(し)なましものを**

（《万叶集》二・86）

24. **寒夜中，苦等君来，发飘散。**

**我之黑发，白霜落上。**

《万叶集》二・89、十二・3044，二歌与此歌相类，皆伫立等待来访之男子的女性所咏。“落上了霜”一句，可作夜霜落于黑发解，也可作白发解——岁月流逝，人已老去。此首置于此故事中，见出磐姬皇后也是一位如此善钟情的女子。

ありつつも君(きみ)をば待(ま)たむうちなびく我(わ)が黒髪(くろかみ)に霜(しも)の置(お)くまでに

（《万叶集》二・87）

**25.　秋日田，稻穗全被，雾气凝。**

**朝霞何在，我爱怎觅。**

雾之郁结，是人心中的郁闷的象征。何时才能消散而晴朗，明丽现于眼前？歌本应景情一体，但荫翳幽深本非万叶初期的代表风格。就此皇后而言，为豪族之女，豪族结盟，甚可与大和朝廷抗衡。可谓是第一在野力量之女，与仁德天皇的结合正是一种政治攻略。其与天皇有感情冲突，不仅仅是女子的情爱之事，也是对家族力量的夸示。《万叶集》中磐姬皇后之歌，与“记・纪”中所见之歌比来，是更为出色的有着激情感叹之作。

秋(あき)の田(た)の穂(ほ)の上(うえ)に霧(き)らふ朝霞(あさがすみ) いつへの方(かた)に

我(わ)が恋(こい)やまむ

（《万叶集》二・88）

## 速总别王（速總別王　はやぶさわけのおほきみ）

应神天皇之皇子，为异母兄仁德天皇往聘说八田皇女之小妹女鸟王未果，然自己得到了此女之爱，于是与天皇发生争纷，被追捕至宇陀的苏迩，为追兵所杀。其逃亡时的歌作，《古事记》有二首，《日本书纪》有一首。

26.　**仓梯山，壁立险峻。攀悬崖，**

**与妹同登，险不算啥！**

八田皇女的小妹女鸟王美甚，仁德天皇派其异母弟速总别王为媒往求婚聘。女鸟王曰："我不答应天皇，他有皇后一人已经够了。堂兄你，我愿做你的妻子。"为此，速总别并未向天皇复命。天皇亲自往访女鸟王，她正在织机上织布。天皇问："你正在织的是给谁的布啊？"女鸟王头也不回地说："正加快地给速总别织做衣袍的布。"天皇自为己媒仍被拒，即以反叛治二人之罪，调军追捕二人。二人从仓梯山跑到多武峰之宇陀才稍得歇息。于此时咏此歌。为爱而奔逃，且在其前面等待他们的只有死亡，但也视险峻为坦夷。

**梯立の倉梯山は険しけど妹と登れば険しくもあらず**

（《古事记》下；记歌 70）

## 履中天皇（履中天皇 りちゅうてんわう）

第十七代天皇、仁德天皇之皇子，母为磐姬皇后。仁德天皇崩，履中之同母弟墨江中王为争皇位，在难波发动叛乱。履中得祖母知直之助而逃往大和。《古事记》传其歌三首。

27. **埴生坂，回望宫室，焰熊熊。**

**后妃之家，也在火中。**

在难波宫的履中天皇遭弟墨江中王的反叛，逃往大和的途中，在埴生坂回望难波宫在熊熊大火中，后妃之本家也在这附近。遥思留在难波宫，或散回本家的后妃，有此歌作。其“阳炎”（かぎろひ）本意是蒸腾的水汽（“游丝”“野马”），后成了“燃烧”的枕词，状写火势。此歌可谓是望国望乡之歌，是挂念家园、妻室的表现。物语中有更多更好的描述。

**埴生坂(はにうざか)わが立(た)ち見(み)ればかぎろひの燃(も)ゆる家群(いえむら)**
**妻(つま)が家(いえ)のあたり**

（《古事记》下；记歌 76）

## 28. 在大坂，遇一少女，问路歧。“当艺麻道!” 言有灵力。

遭逢墨江中王的反叛之乱，履中天皇逃往大和，在大坂山口与一少女相遇，问路。言：“从当艺麻道走为好！可以平安到大和！”此歌即咏此事。应注意歌中的“告之”的含义：本是指有灵力的言说，指神意的现示。歌中将之与少女之语相联系。直路是从大坂翻山，当艺麻道是迂回偏南，但说由此行可以避免灾难。传说故事中有言：“从当艺麻道迂回翻越将是幸运的。”故事中的天皇之问，少女之答，重现于歌中。

大阪(おおさか)に遇(あ)ふや嬢子(おとめ)を道問(みちと)へば直(ただ)には告(の)らず当(た)芸麻(ぎまち)道を告(の)る

（《古事记》下；记歌 77）

## 允恭天皇（允恭天皇 いんぎょうてんわう）

第十九代天皇、仁德天皇的四皇子，母为磐姬皇后。体弱多病，即位后，又退位。然其妃忍坂大中津女强劝之复天皇位。为正姓氏，在味檀丘与神盟誓，曾做探汤（手伸进烫水中，明其心诚）之举。《日本书纪》载其歌二首。

29. **细纹锦，轻解罗衣，得共眠！**

**能有几夜？春宵难延！**

上三句言共寝为美事，下二句言若常得共眠方为美事，方是本愿。然于现实中不可得，仅能欢悦于一夜之幽会。下二句说出了允恭天皇惮于皇后之妒，不能与衣通姬好合的故事，是对已然情况的咏叹：至今只有一次好合。好合难成，盼能续成这样的好事。“只是”（のみ）包含感叹，不只有辛酸，更有期待。

ささらがたにしき　ひも　と　さ　　あまた　ね
**細紋形 錦 の紐を解き放けて数多は寝ずにた**
ひとよ
**だ一夜のみ**

（《允恭记》；纪歌 66）

## 30.　花美妙，樱实可爱。虽可爱，未早如此，得妹入怀。

允恭天皇既与衣通姬好合，待至天明，见井傍之樱花灿然，有感而歌。“花妙”是后面“樱花”的枕词；一、二句（“花美妙，樱实可爱。”）是后面三句（三、四、五句）的“序词”，修饰所爱之人的情况。本首为 5、6、5、7、7，30 音。

はなぐは　さくら　め　ことめ　　はや　　め　　わ
**花妙し 桜 の愛で如此愛でば早くは愛でず我**
め　　こ
**が愛づる子ら**

（《允恭纪》；纪歌 67）

## 衣通郎姬（衣通郎姬 そとほりのいろつめ）

允恭天皇皇后之妹，美姿容，“衣通”之谓，言其体有光泽。为天皇所宠爱，造藤原宫，与姬住之。《日本书纪》有其歌二首。

31. **今夜里，哪位人儿，会来吧！**
**蜘蛛结网，密密麻麻。**

据《允恭记》：天皇的皇后之妹衣通郎姬有宠（此人非轻大郎女，《古事记》中轻大郎女亦名衣通姬），本歌即衣通郎女怀想天皇之作。歌中的“应当”为确信之意；“蜘蛛之所作”就是结巢，有着核心的意味。在契冲的《厚颜抄》中有言：蜘蛛着和服，乃亲客到来之前兆。这里也体现了同样的俗信。以“蜘蛛之所作”即物地表现了全歌的中心意象，咏唱出了等待中之人的微妙的情意活动，揭示出所等的人即将到来的前兆给人的喜悦。

わ　せこ　く　よい　くも　おこな
我が夫子が来べき宵なりささがねの蜘蛛の 行
こよひしる
ひ今宵著しも

（《允恭纪》；纪歌 65）

32.　**常与你，相逢相遇？真稀奇！**

**海藻拢岸，偶尔相依。**

“相逢哟”的“哟”（や）有反语的意味；“常常”（常しへ）有“不断”“总是”之意。而“時々”，这里是“偶尔”“有时”之意。两相对比，似多实少，分多遇少。感叹相逢之少，比兴于“海藻之拢岸”，乃是偶尔之事。全歌的核心也在于“有时”相逢的集中表现：暗含相逢之欣喜。其“余情”（日语，意为“韵味”）在于，哀怨之中有甘美的向往。

とこ　きみ　あ　と　うみ　はまも
常しへに君も逢へやもいさな取り海の浜藻の
よ　ときどき
寄る時々を

（《允恭纪》；纪歌 68）

## 轻太子 （輕太子 かるのひつぎのみこ）

允恭天皇之皇太子，母为忍坂大中津姬。据《古事记》，其与同母妹轻大郎女通；与穴穗王子（安康天皇）争斗，被流于伊予汤，终死于是。虽与《日本书纪》所传有异，但也多见于各种歌谣。

33. **霰飞急，竹叶嗒嗒，共眠时。**

**散去人悄，幽恨谁知？**

急霰落于竹叶，其声用拟声词“嗒嗒”（たしだし）加以表现；此词也有同音异义之效，使后半歌意在有转换，因此词有“完全”“确实”之意。从音声到共寝的实现，形成全歌的交响，孕出了歌意的飞跃。以“人离去”（離ゆ）为转折：从流利的歌唱，到与同母妹相恋不被容许而幽恨藏心，形成了一首另类的恋歌。歌为 4、7、5、7、7, 30 音。

笹葉(ささば)に打(う)ちや 霰(あられ)のたしだしに率寝(いね)てむ後(のち)は
人(ひと)は離(か)ゆとも

（《古事记》下；记歌 79）

34. **似胶漆，深爱共寝，枕席欢。**

**如割蔓草，离愁心乱。**

与前轻太子的另一首（见前 29）相照应，“人离去”“烦乱”，还有对相合相遇的切盼。内心之动荡强烈，形成对别离命运的痛切的预感。

愛(うるは)しとさ寝(ね)して寝(ね)てば刈薦(かりこも)の乱(みだ)れば乱(みだ)れさ
寝(ね)しさ寝(ね)てば

（《古事记》下；记歌 80）

**35.　天寥廓，飞鸟为使，鹤音响。**

**请言我名，芳意可传。**

被流于伊予时之轻太子所歌。问讯远隔，飞鸟传音，即此鹤矣。离得远，故需飞鸟，用了“也”“还有”（も），沟通伊予与大和。不仅是远，还有别离之长久，这也当可注意。本首：4、7、5、7、7，30 音。

**天(あま)飛ぶ鳥(とり)も 使(つかひ)そ 鶴(たつ)が音(ね)の聞(き)こえむ時(とき)は我(わ)が名(な)問(と)はさね**

（《古事记》下；记歌 85）

**36.　飞天样，轻轻女子，得暂留。**

**梦聚共寝，轻女悠游。**

被抓捕后的轻太子所咏之歌。“切切”（したたに）本有幽会时“悄悄”之意，也有对轻大郎女一起逃往大前山前宿称家的叮嘱。说哭声会惊动人，只能轻声、轻声。此前的一首歌就说了这样的事。歌结尾处对轻大郎女用了复数（ども）、似为可笑，然看到几首歌中说到的“共寝”“人离去”“烦乱”等，其在焦虑渴想中，才会出现这样择词的混乱；也体现出他的意念的专注和深切。

**天飛(あまた)む軽嬢子(かるおとめ)したたにも寄(よ)り寝(ね)て通(とお)れ軽嬢子(かるおとめ)ども**

（《古事记》下；记歌 84）

## 轻大郎女（輕大郎女 かるのおほいらつめ）

允恭天皇之皇女，母亲为忍坂之大中津比卖命。《古事记》中时称其别名为衣通郎女。与其同母兄木梨之轻太子私通。太子被流放伊予汤，追随其后，后来二人同自杀。相关物语中有歌二首。

37. **夏草中，贝壳共眠，莫踏足。**

**天亮看清，欢会有路。**

“阿比泥”（あひね）不单是地名，而且是夏草萎伏，草叶垂合之状；还有暗含“相寝”（あいね）即共寝的意味和联想。这是全歌的趣味之所在。在故事中，轻太子亦诉说欲与轻郎女共寝之想。两者正相应和。

**夏草（なつくさ）の阿比泥（あひね）の浜（はま）の蠣貝（かきがひ）に足踏（あしふ）ますな明（あ）かして通（とお）れ**

（《古事记》下；记歌 87）

**38.　君出走，已经日久。叶相迎，**

**我去迎君，不再等守。**

向伊予国去追赶轻太子时，轻大郎女所作的歌。表达要去相迎相见的由衷急切的心情。“接骨木”（山たづの）枝条上叶子相向相合，是“相迎”的枕词修饰语。

**君(きみ)が行(ゆ)き日長(けなが)くなりぬ山(やま)たづの迎(むか)えを行(ゆ)かむ待(ま)つには待(ま)たじ**

（《古事记》下；记歌 88）

## 雄略天皇（雄略天皇 ゆうりゃくてんわう）

第二十一代天皇，允恭天皇之五皇子，母为忍坂大中姬。中国《宋书》称其为武倭王。为5世纪中期大和王权扩张期的“大王”，有很多关于他的“访妻”传说故事。其有关歌谣，除见于“记·纪歌谣”者外，还有《万叶集》卷头歌、卷九卷头歌等。

39. **神社檮，凛凛威仪，不可犯。**

**檮原美女，更有神光。**

雄略天皇被在三轮河边洗衣的引田部赤猪子所吸引，即问其嫁娶事。然后过了八十年，并未召入。成了老妪的赤猪子自进见雄略，言仰盼圣命已八十年矣；雄略惊忆之，言已忘了此事；盛年已过，甚可悲悼。并歌此歌以赐。歌中说神木不可接近，其地之美女更是如此。虽似美誉对方，却已敬而远之！此首与下一首皆为4、7、5、7、7，30音。

**御諸(みもろ)の厳白檮(いつかし)か本白檮(もとかし)が本忌々(もとゆゆ)しきかも白檮(かし)**

**原孃子(はらおとめ)**

（《古事记》下；记歌 92）

40.　**在引田，嫩栗青树，相得欢。**

**木枯枝老，与爱何干？**

此为又一首。雄略天皇看此女已甚老迈而不愿与之交往，故对引田部赤猪子更有此歌。“引田”为地名；“栗树林”为青年男女好合，避人耳目之地；二、三句所用“年轻”（わか），同音而稳健。结句的感叹，联系故事内容来看，是对赤猪子而言的；但从歌作本身来看，也可以理解为对自身老迈的惋叹。从歌谣的独立意义而言，是面对老女子的年轻人的歌，也可能是老年男子对年轻女子所唱之歌。二者皆有可能。总之，是嘲弄戏谑之歌。

引田（ひけた）の若栗栖原（わかくるすばら）若（わか）くへに率寝（いね）てましもの老（お）いにけるもの

（《古事记》下；记歌 94）

41. **踞胡床，御手抚琴，女翩跹。**

**神曲妙舞，岁岁年年。**

天皇行幸吉野，与美丽的女子相会，并与之结婚。后来再次行幸吉野，设胡床而坐，自弹琴而此女起舞，天皇对妙舞而咏此歌。结合物语故事，天皇认为自己是神，“圣手”（御手）是自尊的敬语。将自己神格化，和着琴音而舞的美少女是神女。此歌之原本应是所谓“神乐歌”，咏唱的是祭祀时舞于神前的巫女。

呉床居（あぐらい）の神（かみ）の御手（みて）もち弾（ひ）く琴（こと）に舞（まひ）する女（おみな）常世（とこよ）にもかも

（《古事记》下；记歌 96）

42. **寻遍山，五百金锄，翻山冈。**

**美女何在，哪可躲藏？**

时雄略天皇欲求婚于丸迩之佐都纪臣之女袁杼姬而行幸于春日时，与此女道逢，此媛女惊怯而逃隐冈边，故天皇作此歌。“有金锹五百个”是为天皇（大王）的豪放之想，正如《万叶集》之卷头歌：大和举国，在我治下；国中万民。随我意旨！

**嬢子(おとめ)のい隠(かくれ)る岡(おか)を金鉏(かなすき)も五百箇(いほち)もがも鉏(す)き撥(は)ぬるもの**

（《古事记》下；记歌 99）

43. **甲斐马，追风乌云，未遑鞍。**

**赦命急宣，巧匠魂还。**

《雄略纪》十三年条：木工猪名部真根在对问中回说：自己的斧子可以整天不碰到石头不伤到斧刃。天皇问：真这样？回：没错！天皇征召采女，裸而相扑；真根观而失态，手亦误之。天皇责处极刑。其伴众工匠歌而表痛惜之心，天皇闻之，悔而赦真根。其赦使乘骑甲斐之马往传旨意，将其敕还。并歌此歌。

“黑”与“鞍”（くろ、くら）音近而显节律之快促，见情况之紧急。原文中的“射干玉”（ぬばたまの）是“黑”的枕词修饰语。本是一种黑而圆的草实。

**射干玉(ぬばたま)の甲斐(かひ)の黒駒(くろこま)鞍(くら)着(き)せば 命(いのち)死(し)なまし甲斐(かひ)の黒駒(くろこま)**

（《雄略纪》；纪歌 81）

## 显宗天皇（顯宗天皇 けんそうてんわう）

第二十三代天皇，父为履中天皇之皇子市边忍齿王。雄略天皇杀其父，即与其兄意祁王（仁贤天皇）共逃往播磨。不久，被迎回大和，即位。除老妪置目（赐其名，因其知显宗父之埋穴所在）歌外，《古事记》中还传有在歌垣（日本古代男女交往、歌唱之所）所作之歌。

44. **川柳荡，柳叶飘飞，自起伏。**

**根在水中，静待如初。**

显宗天皇之父市边押磐皇子为雄略天皇所杀，其在即位前曾有一段逃亡生活，在播磨国的屯仓饲牧牛马，后在参与国司的新居之贺筵时决定表明身份，此时即作此歌。传于《日本书纪》。根没于流水而根不流失的杨柳，与贺筵之意（贺新居）是相合的，但也寓含着对不久即将即位的命运期盼。“稻筵”（草席纹）是“川”枕词，“川副杨”即河边杨柳。《源氏物语》曾引用此歌句。《荣华物语》中，极盛时的藤原道长被赞颂时的歌作曰：“川边杨柳风吹动，其根没水静不移。”这里的“柳叶垂”与“风吹柳”，状不同而意同。

**稲筵(いなむしろ) 川副楊(かわそひやなぎ) 水(みず)行(い)けば靡(なび)き起(お)き立(た)ちその根(ね)は失(う)せず**

（《显宗纪》；纪歌 83）

## 45. 浅茅原，转过小坡，铎铃摇，
## 铃声频传，置目来了。

显宗元年二月，诏传老妪置目入见。怜其老弱，行走不便，着以绳牵且扶之。绳端置铎铃至门，将入则铃响以告朕。后显宗闻铃声而歌此。歌中“小确”为土石交杂的硬地。迎置目老妪，为寻己父埋穴之所在，以尽亲情，以宽悲怀。歌中，显宗似以“心之耳”迎听远处的铎铃声。本首也是 5、6、5、7、7，30 音。

浅茅原小確（あさじはらおそね）を過（す）ぎ百伝（ももづた）ふ鐸（ぬて）ゆらくもよ置目来（おきめく）らしも

（《显宗纪》；纪歌 85）

## 武烈天皇（武烈天皇 ぶれつてんわう）

第二十五代天皇。仁贤天皇之皇子，母为春日大郎女。因无子，仁德天皇之脉裔至此绝。《日本书纪》记其为暴君，亦有其于歌垣之作。

46. **我之刀，垂佩腰间，未出鞘。**

**意在出时，博佳人笑。**

武烈为皇太子时，与臣子平群鲔在椿市的歌垣的组歌七首之第三首，是二人围绕女子影媛的斗歌。实际上，早于太子的求婚，平群鲔已经得到了影媛。不知实情的太子在歌垣中牵持影媛之袖，而鲔挥刀断袖。歌中并不是太子挥刀相斗，而仅写他佩刀下垂之状，但言假设佩刀出鞘，其“将来”“后果”（果たして）不管如何，影媛都将入我手；歌中末句为 8 音；其“会”字，有版本写为“鬪”，意谓战斗、斗打，更颇威赫的意味。

**大太刀(おおたち)を垂(た)れ佩(は)き立(た)ちて抜(ぬ)かずとも末果(すえは)たしても会(あ)はむとぞ思(おも)ふ**

（《武烈纪》；纪歌 89）

## 47. 篱墙高，臣子密札。地会摇，地震来时，篱笆尽倒。

这是七首组歌中的第五首。这是针对臣鲔的歌中唱道：“大君的八重墙”等而发的。“八节的柴垣”是甚牢固的垣墙，但如遇地震似的太子的攻击，即会崩坏。一本写作“八重韩垣”，意思也是一样的。

**臣(おみ)の子(こ)の八節(やふ)の柴垣下動(しばかきしたとよ)み地震(ない)が揺(よ)り来(こ)ば破(や)れむ柴垣(しばかき)**

（《武烈纪》；纪歌 91）

48.　**上琴头，神女玉影，美媛娇。**

**影媛玉美，珠玉妖娆。**

这是组歌的第六首。这是太子赠影媛的歌。到此前的第五首，都是太子与臣鲔对抗争斗之歌，而影媛也不便公开站在鲔的一边而发声，不知底里的太子故有此赠歌。其主调是：琴音感动神影来。据橘守部的《棱威言别》载：琴的上方立神依坂，下方放水。神降于其水上。“鲍白珠”，是对影媛的赞美。

ことかみ　きい　かげひめたま　あ　ほ　たま　あわび
**琴頭に来居る影媛玉ならば吾が欲る玉の 鰒**

しろたま
**白珠**

（《武烈纪》；纪歌 92）

## 平群鲔（平群鮪 へぐりのしび）

大臣平群真鸟之子。真鸟曾在歌垣中与显宗天皇争夺菟田首等之女大鱼（人名），次日晨被杀。《日本书纪》又载，鲔曾与武烈天皇争夺物部粗鹿之女影媛，其时有歌作。

49.　**八重垣，储君作成，欲藏娇。**

**你无俏影，金屋空牢。**

歌垣组歌七首中的第四首（1、3、5、6为武烈天皇作，2、4、7为臣鲔作）。针对武烈帝的“大太刀”歌而作的答歌。第四句的“你不可为之”（ましじ）表示制止；歌中的“你”（汝），本是对低于自己的对方的称呼；一开始称“大君”，后变为“你”，也见出鲔的心中的愤怒。

おおきみ　やへ　くみかきか　な
**大君の八重の組垣懸かめども汝をあましじみ**

か　くみかき
**懸かぬ組垣**

（《武烈纪》；纪歌 90）

50. **倭文服，储君博带，垂于腰。**

**此人为谁？想来无聊。**

歌垣组歌七首中的最后一首。针对太子赠影媛的“琴头神来”一首，拟代影媛答歌。以装束、文饰形容指代对方，而意在“我并不管他是谁”，意即鲔之外皆不在我求想之中。此歌出，太子应知鲔已得影媛矣。第二句为 8 音。

おおきみ　みおび　しつはたむす　た　たれ　ひと　あい
**大君の御帯の倭文服結び垂れ誰やし人も相**

おも
**思はなくに**

（《武烈纪》；纪歌 93）

## 毛野臣妻 （毛野臣妻 けなのおみのつま）

近江臣毛野之妻。毛野于任那之任上失政被问责（继体天皇二十四，即530年）被召回本国，途中病死于对马，到近江后送葬时，其妻所唱之歌，传之于《日本书纪》。

51. **淀川上，丧船笛声，向近江。**

**少年毛野，吹笛回还。**

继体天皇时，百济之南部，日本统治下的任那，土地丢失，政治衰微。二十三年近江臣毛野被派往任那，虽收复失地，而其政多失，朝廷遣使将其召回。毛野到对马时病死，其骸柩由淀川而上，到其故乡近江。时毛野之妻咏此歌。“枚方”，地名（今大阪府枚方市）；“笛”，是丧船上奏乐的乐器。前三句是泛说乐声，后二句则设想是年少时的毛野所吹奏。其妻的惊惧、悲伤得到了表现。

枚方(ひらかた)ゆ笛(ふえ)吹(ふ)き上(のぼ)る近江(あうみ)のや毛野(けな)の若子(わくこ)い笛(ふえ)吹(ふ)き上(のぼ)る

（《继体纪》；纪歌 98）

## 大叶子 （大葉子 おおばこ）

生卒年不详。调吉士（派去的使臣）伊企傩之妻。伊为钦明天皇之勇将，钦明二十三年（562），在新罗战败被俘，不降而死。此其时之歌，载于《日本书纪》而传。

52. **大叶子，任那城上，招夫君。**

**披巾摇唤，共大和行。**

钦明二十三年，任那为新罗所攻占，为新罗所俘的日将伊企傩被杀。新罗将拔刀逼其脱裤，向着日本叫："日本将，咬我屁股。"而伊实际叫："新罗王，舔我屁股。"遂被杀，其子守伊尸而自杀。妻子大叶子亦被虏，悲痛之余而作歌。

"任那"又名金海加罗，本属新罗之地，日本曾长期占领："からくに"（加罗国），又可写作"韩国"。"领巾"，类似披肩，本是用来振魂、招魂之咒物，于其与夫死别时招摇之。

から くに　き　へ　た　おおばこ　ひれ ふ
加羅国の城の上に立ちて大葉子は領巾振らす
やまと　む
も大和へ向きて

（《钦明纪》；纪歌 100）

## 圣德太子（聖徳太子 しょうとこのみこ）

敏达三年至推古三十年（574—620），用命天皇之皇子，母为穴穗部间人皇女。任推古天皇之皇太子的摄政。著有《三经义疏》传世。《万叶集》卷三有挽歌一首。

53. **在家卧，枕妻臂弯。旅宿难，**

**草野荒莽，旅人长叹。**

题词说道：圣德太子游竹原之井，于龙田山见人死道旁，悲伤而作歌；《推古纪》亦云：圣德于片冈见饥人而有长歌。

“其旅人之感叹”，在表现悲伤上是共通的。这就是所谓的“路途见死人”的故事的原型。《万叶集》中的此类歌，是对死者、其亲人，表达同情。对“家”和“旅途”做巧妙的对比。当是古歌谣，而假托于圣德太子所作。此歌后又见《日本灵异记》，在其《片冈故事》中说道：太子行幸片冈，与道边病卧之人言说，赐予衣物。此病人死后，在其墓门写有此歌。《万叶集》三・415，以此歌的作者为圣德太子，实当为巨势三杖（见下一首）。以相关资料看，此说可靠。

**家(いえ)ならば妹(いも)が手(て)まかむ草枕(くさまくら)旅(たび)に臥(こ)やせるこの旅人(たびと)あわれ**

（《万叶集》三・415）

## 巨势三杖（巨勢三杖 こせのみつえ）

生卒年未详，传亦未详。据《上宫圣德法王帝说》，圣德太子薨时，其有悼圣德太子歌三首。

54. **富雄川，斑鸠噤声，流水干。**

**太子英名，永志不忘。**

圣德太子薨时，巨势三杖大夫奉挽歌三首之第一首。记载中出现这三首歌，当在平安中期。歌中引用了法隆寺藏佛像绣帐铭文，故当为太子薨后不久之事。

**斑鳩(いかるが)の富(とみ)の小川(おがわ)の絶(た)えばこそ我(わ)か大君(おおきみ)の御名(みな)忘(わす)らえめ**

（《上宫圣德法王帝说》）

## 《风土记》（《風土記》 ふうどき）

《风土记》，编著于和铜六年（713）的官书。记录各地的物产、地名的由来、流传的神话、传说等。中有和歌 29 首。

55. **恶言多，小泊濑山，有石墓。**

**妹我同入，共沉爱河。**

据传：新治郡东五十里，有笠间村，其神社中有“石屋”，歌即咏唱其俗。言相恋之男女，为谣诼所困，遂至情死之事。

**言痛(こちた)けば小泊瀬山(おばつせやま)の石城(いはき)にも率(い)て籠(こも)らなむな**

**恋(こ)ひそ我妹(わぎも)**

（《风土记》；歌 1）

56. **高滨海，涌而来迎，海上波。**

**波来不来，妹影婆娑。**

题词言：茨城郡之高滨。芳菲佳辰，摇落凉候，命驾以向，乘舟而游。春则浦花千彩，秋则岸叶百色。野头闻歌莺，渚干览舞鹤。社郎渔娘，逐滨洲而辐辏；商贾农夫，棹舟舸而往来。况乃三夏热朝，九阳蒸夕，啸友率仆，并坐滨曲，骋望海中。涛气微扇，避暑之人，陶郁祛烦，冈阴徐倾，逐凉之人，欢然动意，而咏歌焉。（此题词原文，当是用汉文写的，虽呈现日文，但汉文之文词文脉清晰可见。）

**高濱(たかはま)に来寄(きき)する波(なみ)の沖(おき)つ波寄(なみよ)すとも寄(よ)らじ子(こ)らにし寄(よ)らば**

（《风土记》；歌 4）

57. **高滨海，风行波上，声萧瑟。**

**想妹为妻，丑贱皆可。**

题词：又歌曰。歌中似不拘美丑、贵贱，皆欲得为妻；一是求娶之心的强烈，再是觉得其地之女皆美貌高雅，故娶之皆可。

**高濱(たかはま)の下風(したかぜ)さやく妹(いも)を恋(こ)ひ妻(つま)と言(い)はばや醜(しこ)乙女(とめ)賤(しつ)も**

（《风土记》；歌 5）

## 舒明天皇（舒明天皇 じょめいてんわう）

生年未详，卒于舒明十三年（641），为第三十四代天皇。敏达天皇之皇子彦人大兄之子，母为糠手姬皇女。《万叶集》时代从此开始，卷一之国见歌、卷八之短歌各一首传世。

58. **夕暮后，小仓山上，鹿不鸣。**

**今夜群鹿，也已安寝？**

《万叶集》八·秋之杂卷第一首，题词为“冈本（即舒明）天皇御制歌”。或本是一首民歌，托之天皇或皇族所作。在这样传承中，其基本样态也就传袭下去，饰以“御制”“部类”，成为自古的名歌而被尊重。

《万叶集》的“鹿鸣”之作，如卷十·2141之：

近日来，秋日黎明，雾气中。牡鹿呼牝，其声在空。

后来有纪贯之之作：

月初明，小仓山上，鹿鸣声。悲凉寒意，秋气已深。

**夕(ゆう)されば小倉(おぐら)の山(やま)に鳴(な)く鹿(しか)は今夜(こよひ)は鳴(な)かず寝(ね)ねにけらしも**

（《万叶集》八・1511）

## 中皇命（中皇命　なかつすめらみこと）

其人有诸说，难以明确。《万叶集》中有长歌、反歌各一首，短歌三首。即间人皇女，为舒明天皇皇女，孝德天皇之皇后，是比较有力有据之说。也有说即是后来的齐明天皇的。

59.　**愿祝福，宇智原野，马蹄轻。**

**父皇狩猎，深草疾行。**

前面的3，是一首长歌，本首4是反歌。这也是反歌的初见。“反歌”是从中国诗的“反辞”而得到启发，即在长歌后添加的短歌，交相建构一个诗的世界。本首前之长歌，写早、晚狩猎之祈祷礼仪；本反歌聚焦于朝猎的动态情景。

枕词“たまさはる”，意味着持续向极限。为宇智天皇的狩猎而祝福。在追赶猎物的群马的脚下，有着大量猎物的深深的草野。视点定之于此。在长歌的题词中，写舒明天皇在宇智（奈良五条市）游猎时，中皇命作有献歌。中皇命是舒明天皇的皇女。推之，其时年只十岁左右，当是他人之代作。

**たまきはる宇智(うち)の大野(おおの)に馬並(うまな)めて朝踏(あさふ)ますらむその草深野(くさぶかの)**

（《万叶集》一・4）

## 军王（軍王 いくさのおほきみ）

生卒年不详，是渡来的百济王族系中的“军君”系中的人物。在《万叶集》的舒明朝之作中，有长歌带此短歌。

60.　**山风来，入夜寝时，也不停。**

**家中妻子，牵我远情。**

于前面 5 的长歌中，有题词云：舒明天皇行幸安益郡（香川县绫歌郡的东部）时，军王观山联想之作。此为其反歌。来自故乡的山风，把在家乡的妻子和在此的我联结了起来。军王当是归化人，而长、短歌形式完备，当出于奈良朝之初期，歌风、声调都甚古朴。

**山越(やまご)の風(かぜ)を時(とき)じみ寝(ね)る夜(よ)おちず家(いえ)なる妹(いも)をかけて偲(しの)ひつ**

（《万叶集》一・6）

## 野中川原满（野中川原满 のなかのかはらのみつ）

生卒年未详。来自中国的渡来人，时当大化五年（649）。当大中兄皇子之妃苏我造媛死时，代太子作悼歌二首。

61. **山涧中，鸳鸯双栖，影不离。**

**造媛我妻，谁带去矣?**

大中兄皇太子之妃造媛之父为左大臣苏我舍册田麻吕；因太子听信苏我日向的谗言，派军追捕之，逼其于山田寺自杀。后明其清白，太子后悔，而造媛极悲而死。见太子哀泣，野中川原满献歌二首，此其一。以鸳鸯成双比喻夫妻，中国之《诗经》之“关雎”见之，其后多有。由此可明作者的中国文化教养。其名字中的“满”（训为说），是归化人的子孙。《万叶集》于此二歌下，有小字曰：模仿《文选》。言其“拟作”，乃《文选》之风。伤悼死者之抒情，此亦开挽歌之基。

山川（やまがわ）に鴛鴦（おし）二（ふた）つ居（い）て偶（たぐひ）よく偶（たぐ）へる妹（いも）を誰（たれ）か率（い）にけむ

（《孝德纪》；纪歌 113）

62. **樱花树，年年红艳，开满枝。**

**可爱妻子，花容永失。**

与此类似的歌作有防人歌中的：

虽时时，众花飘香。却为何，妈妈之花，总不开放？（《万叶集》二十・4323）

是从民歌风格引动的构想：上半叙自然的恒常情景，下半以人事难返为对照，表现出悲痛的感叹；用了“万叶”初期短歌的格套：第二和第五句对比，花开而人已不见。在歌谣性的复现中，从物到人，表现出曲折与哀痛的情怀。大中兄皇子得野中川原满此二歌，如出自己之胸臆，赞叹有加，赐之以御琴，命其奏唱之。

本毎(もとごと)に花(はな)は咲(さ)けども何(なん)とかも 愛(うつく)し妹(いも)がまた
咲(さ)き出来(でこ)ぬ

（《孝德纪》；纪歌 114）

## 齐明天皇 （斉明天皇　さいめいてんわう）

生年未详，齐明七年（661）卒。父为敏达天皇之孙茅亭王，母为吉备姬王。为第三十七代天皇（女帝），出以救百济，崩于筑紫城。《日本书纪》中有悲其孙建王之死所作歌六首。《万叶集》未载。

63.　**殡宫在，今城小山，云飞扬。**

**孙儿云影，追叹难还。**

齐明天皇,隔了个大化革新，先为皇极，后重祚为齐明，是一位动荡期的女皇。在齐明期，大中兄皇子之子、天皇之孙建王八岁夭亡，殡宫设于今城为小山。格外宠爱此皇孙的天皇对群臣说自己死后改将之与己陵合一。咏哀悼之歌三首，此是第一首。古人认为远飞高扬的云，就是对远远离去的逝者的追忆和怀想。陵丘上如有云涌起，虽未可与爱孙直接相合，亦可望云而心得所慰。一种出自古风的发想，但也可更深切地感受到天皇对孙儿建王的伤悼之情。

いまき　おむれ　うえ　くも　しる　た　なに

**今城なる小山が上に雲だにも著くし立たば何**

なげ

**か嘆かむ**

（《齐明纪》；纪歌 116）

64. **沿河寻，射中猪鹿，草青青。**

**今却难觅，孙儿英影。**

此为哀皇孙建王歌三首之第二首。其后半的“灵气少年，吾未及思”之意，于建王夭亡的哀伤更见痛切；回看前半的“被射兽，追寻河边，青青草”，两相对比应合，并非如有研究者认为的那样，是狩猎山民所作歌，而附合于齐明天皇悼爱孙之意。应是天皇所作。

い　しじ　つな　かわへ　わかくさ　わか　あ

**射ゆ獣を認ぐ川辺の若草の若くありきと吾が**

も

**思はなくに**

（《齐明纪》；纪歌 117）

65. **飞鸟川，川水满涌，波连波。**

**思心如水，未有停落。**

同前，为伤悼建王歌之第三首。上三句是一个先导，引出思念无休之意，以眼前景为序词，求取出歌之主调，这是民谣式构想的古风，为万叶初期所重，与《万叶集》中大量的无名氏之出色歌作相较，毫不逊色。从眼前景到心中事，转接极为流畅。早期和歌的抒情性进入一个新鲜的境地。

あすかがわみなぎら　い　みず　あいだ　おも

**飛鳥川 漲 ひつつ行く水の 間 もなくも思ほゆるかも**

（《齐明纪》；纪歌 118）

66. **山已越，海也渡过。总难忘，**

**今城之趣，往事如昨。**

建王死后五个月，齐明天皇行幸纪伊的牟娄汤；思念亡孙，悲伤仍无已之咏歌。此是三首连作中的第

一首。“今城之中”，若指建王的殡宫之所在，则与后面的“有趣”（おもしろき）不合。当是说建王生前在宫中的情景。

齐明帝曾命归化人之后裔秦大藏造万里作思念建王之歌，此歌或即为富于汉诗文素养的秦大藏所作。

**山(やま)超(こ)えて海(うみ)渡(わた)るともおもしろき今城(いまき)の中(うち)は忘(わす)らゆましじ**

（《齐明纪》；纪歌 119）

## 67. 水门潮，渡海而行。阴郁集，何可置弃，行旅何趣？

为续前歌的第二首，视其格调，恐亦是秦大藏代作之歌，“下行”（行に），是说从都城到牟娄汤之行，“水门之潮，下入于海”，是说行旅中的情景，“后多阴郁”（後も暗に），是建王死后，旅途中阴沉低落的心境。本首虽词句稍有难解处，但景与情浑然一体。齐明朝，归化人如前面的野中川原满，此二首的秦大藏造万里，成为宫廷文学的担当者，带来了一种写景以抒情的诗歌风气。

**水門(みずなと)の潮(うしお)の下(くだ)り海下(うなくだ)り後(うしろ)も暗(くれ)に置(お)きてか行(い)かむ**

（《齐明纪》；纪歌 120）

## 有间皇子（有間皇子 ありまのみこ）

舒明十二年至齐明四年（640-658），孝德天皇之皇子，母为阿部苍梯麻吕之女小足媛。被以谋反罪而抓捕，经大中兄皇子审讯后，被绞死。《万叶集》卷二有短歌二首。

68. **磐代松，松枝纠结，示吉兆。**

**厄如转幸，回再观瞧。**

题词为："有间皇子，自伤松枝纠结歌二首。"有间皇子是孝德天皇的唯一皇子，从皇位继承来看，是齐明天皇皇子大中兄皇子的最有力的竞争者。齐明天皇往纪伊之牟娄温泉行幸时（四年，即658年）之十一月三日，苏我赤见向有间皇子讲了天皇的失政，劝唆其起事谋反，有间受赤兄之骗，似有动作，即被赤兄逮捕送往纪伊。大中兄审讯时，有间只言："天与赤兄知之，我什么都不晓。"械送归途中，十一日被绞杀于藤代坂，完结了其19岁的人生。此歌为在去往纪伊的路上的磐代时咏作。"松枝纠结"是当时祷祝、应验的习俗，暗示前途尚有一丝希望，正体现出有间皇子的内心祈盼。

**磐代(いわしろ)の浜松(はままつ)が枝(え)を引(ひ)き結(むす)びま幸(さき)くあらばまたかへり見(み)む**

（《万叶集》二・141）

## 69. 在家时，方笥盛饭，乃进食。旅行草草，柯叶盛之。

题词即前见。此乃于悲境中所作之歌。皇子陷于谋反之罪嫌中，旅途待遇自然粗陋，饭食唯以锥叶盛之，岂可与都中生活相比。然心中塞满了祷求无事的想法，此歌唯见淡然与平稳；而后面对审讯，只会说“天与赤兄知之”一语，皇子的单纯亦可见之。

**家にあれば笥に盛る飯を草枕旅にしあれば**

**椎の葉に盛る**

（《万叶集》二・142）

## 天智天皇（天智天皇 てんちてんわう）

推古三十四年至天智十年（626—672），舒明天皇之皇子，即大中兄皇子，母为天极（齐明）天皇。第三十八代天皇，与藤原（中臣）镰足等遂行大化革新，创建律令制中央集权国家。《万叶集》中有歌四首。

70. **您在时，母仪慈颜，满眼亲。**

**今泊于此，期盼满心。**

唐及新罗联军追迫灭亡百济，为救援之，齐明天皇于七年（661）正月，从海路发兵而出，途中经伊予熟田津的石汤，三月到了筑前国娜的大津，再到磐濑的行宫。五月，迁往朝仓的橘广庭之宫。据《日本书纪》，其时，伐朝仓神社之树以为用材，触怒天神，宫殿倾毁；宫中现鬼火，大舍人、侍臣连接病亡。七月，天皇驾崩，大中兄皇子称制，十月护齐明天皇遗体从海路回大和。泊港之时，思念故去天皇、自己的生母而咏此歌。征旅中遇此大丧，大中兄（天智天皇）于昏沉中表现出的追怀深切之情。

**君(きみ)が目(め)の恋(こわ)しきからに泊(は)てて居(い)てかくや恋(こ)ひむも君(きみ)が目(め)を欲(ほ)り**

（《齐明纪》；纪歌 123）

71. **大海上，云涌金波，落霞满。**

**今夜月光，明沏悠然！**

这是有名的大中兄皇子的三山歌的第二首的反歌。结句的“应是”（こそ）表示一种愿望；此歌中，大海落日壮美景观，有着自然涌起的多样的魅力；辽阔大海上，云霞涌起，夕阳映射，海面一片金色。面对这样的景色，联想到今宵月色定是澄沏静美。从眼前的壮阔之景，转移到联想中之景，可谓绝唱。

**わたつみの豊旗雲(とよはたくも)に入日(いりひ)さし今夜(こよひ)の月夜(つくよ)さやに照(て)りこそ**

（《万叶集》一・15）

72. **妹之家，总想探访。当是在，**

**大和大岛，山岭之上。**

题词：“天智天皇赐给镜王女之歌。”镜王女，后成为藤原镰足之妻，死于天武十二年（683）七月。可推知是额田王之姊。歌中“大岛之岭”何指？当是奈良县生驹郡与大阪府中酒肉郡的高安山。作歌之时间、地点，不能明定。当是迁都近江后，望着大和之山峰而作。此歌基于民歌民谣而成为古风之歌。

**妹(いも)が家(いえ)も継(つ)ぎて見(み)ましを大和(やまと)なる大島(おおしま)の嶺(ね)に家(いえ)もあらましを**

（《万叶集》二・91）

73. **秋田中，收割小屋，葺作粗。**

**我之衣服，寒露湿濡。**

此为《小仓百人一首》的第一首歌，作者即传为是天智天皇；《万叶集》不载。

同入《小仓百人一首》的光孝天皇之歌：

春之野，与君共出，摘青菜。我之衣上，有雪飘散。

结构上与此相通。另外，《万叶集》的卷二•2174为：

刈秋田，作成小屋，暂居住。衣单手寒，难遮霜露。

天皇何以咏唱“割刈小屋”呢？，传有的天智之作尚有：

朝仓宫，木丸之殿，我曾居！其名长留，行去为谁？

故此歌也颇有与世俗同在的样子。

结句的“续续”（つつ），为古代和歌所常用，表示变化和持续；也添加一种飘流的余韵。

秋(あき)の田(た)のかりほの庵(いほ)の苫(とま)を荒(あら)み我(わ)が衣(ころも)では露(つゆ)に濡(ぬ)れつつ

（《后撰和歌集》秋中）

## 倭大后（倭大后　やまとのおほきさき）

生卒年不详。父为舒明天皇之皇子古人大兄皇子。天智天皇杀其父，后纳其入宫。天智七年（668），成为皇后。关于天智天皇在病中和死后，作有歌四首，收于《万叶集》卷二中。

74. **对长空，极目仰望，寄祷祝。**

**君王之寿，巍然天柱。**

题词为:“天皇圣躬不予时，皇后所奉之歌。”据《日本书纪》，天智天皇于其十年（671）九月卧病，十月转笃，十二月三日崩于大律宫。是为卧病的天皇祈寿之歌。天皇与天空相关联的思想，基于古来的信仰。仰望长空，歌咏天皇生命的久长，且期望凭借此言灵之力，有助于天皇病体康愈，为其延寿而祈福。

**天(あま)の原(はら)振(ふ)り放(さ)け見(み)れば大君(おおきみ)の御寿(みいのち)は長(なが)く天足(あまた)らしたり**

（《万叶集》二・147）

## 75. 青旗招，木幡山上。御魂过。虽睹天颜，未聆言说。

本首的题词是：天智天皇病笃时，倭姬皇后所奉祈祷之歌。木幡山，京都府宇治市北面之山：葛城、忍坂山。天智病笃时，进行了招魂式。歌中叙述了这样的场景：病危的天智的魂魄从木幡山边通过，皇后等似已见之，而未得与帝魂谈说，听聆其圣意。悲伤中更见痛切。

**青旗(あおはた)の木幡(こはた)の上(うえ)を通(かよ)ふとは目(め)には見(み)れどもただに逢(あ)はぬかも**

（《万叶集》二・148）

## 额田王（額田王 ぬかたのおほきみ）

生卒年未详。父为镜王。嫁大海人皇子，生十市皇女。在皇极、齐明、天智三朝宫廷歌作时，很可能是天皇的代作之人。

76.　**秋野上，割下芒草，葺屋宿。**

**都中宇治，亦有此庐！**

齐明五年（659），作为齐明天皇的随从而出往纪温汤等地时作。内容是对往事的回想：回想与天皇共通的感触，而作歌奉进。对这样割芒而葺作的小屋，在她心中有着快乐、甜美的感觉和回忆。

**秋(あき)の野(の)のみ草刈(くさか)り葺(ふ)き宿(やど)れりし宇治(うじ)のみやこの仮廬(かりいほ)し思(おも)ほゆ**

（《万叶集》一・7）

77. **熟田津，整备待航。月光满，**

**流顺潮涨，百舸踏浪。**

齐明七年（661）出征新罗，途中在伊予熟田津。伊予汤为有名温泉，齐明为68岁的年迈女帝，额田王为其一女性随从。其间为整顿军备，停留了两个月。出航时机到来是三月十八日、九日（4月25日、26日）。流顺潮满，晚春月圆之时，得机出航。作者体察女帝之意而作此歌。然齐明帝终薨于是年七月。

**熟田津(にきたつ)に船乗(ふなの)りせむと月待(つきま)てば潮(しお)もかなひぬ今(いま)は漕(こ)ぎ出(で)でな**

（《万叶集》一・8）

78. **纪国山，越山前行，往温泉。**

**神橿树下，吾爱立现。**

随齐明帝行幸纪国温泉时所咏作。歌中的橿木，乃是神之坐所的斋木。“我之所爱”，或即大海人皇子，时在京城。歌中所咏，是想象中的情景。本首歌历来为难解。今兹据斋藤茂吉《万叶秀歌》上卷之释解之。

**紀(き)の国(くに)の山(やま)超(こ)えて行(ゆ)け我(わ)が背子(せこ)がい立(た)たせりけむ厳橿(いつかし)ががも**

（《万叶集》一·9）

## 79. 三轮山，似被云遮。若有情，云何如此，总蔽山形！

一首短歌：迁都近江，惜别三轮山，依依之情甚恳，且因三轮山乃天皇灵寝之所在，本守护之如依傍神山，离此他往，又有前路若何的忧思。大中兄皇太子对额田王也有此类之说；以此故，站在其立场着想，而发之于歌中。如“愿云霓有情”（雲だにも心あらなも），也反映出宫廷人们的内心想法。

**三輪山(みわやま)を然(しか)も隠(かく)すか雲(くも)だにも心(こころ)あらなも隠(かく)**

さふべしや

（《万叶集》一・18）

## 80. 红艳行，茜草园地。君袖招，守卫没见？情由谁晓？

天智七年（668）五月五日，蒲生野的药猎之日的歌。以天皇和皇太弟为首，王公大臣都参加。歌中的“君”，是皇太弟大海人皇子，曾是额田王的丈夫，两人之女十市皇女，在这年成了天智天皇的长子大友皇子的妃子。

“あかねさす”枕词，朝霞、晨光之色。这里修饰“紫”，茜草，可做染料，其色绯红。

此歌的核心点是皇太弟大海人皇子对额田王的赞美。此歌写到的大海人皇子对额田王的摇袖致意（君が袖振る）表明她对受到的瞩目、关心和爱的由衷的自信和愉快。这就是她作为当时的宫廷第一才女、深受天皇宠爱，且作为皇长子妃的生母、皇太弟曾经的妻子，在天智宫廷中的崇高地位。此歌与大海人皇子的答歌，都在天皇也出席了的当天的晚宴上作了咏唱。

**あかねさす紫野(むらさきの)行(い)き標野(しめの)行(い)き野守(のもり)は見(み)ずや君(きみ)が袖振(そでふ)る**

（《万叶集》一・20）

81. **待君苦，情思绵绵。我之屋，**

**户帘轻动，秋风入帘。**

题词：额田王思念近江天皇所作歌。这是显现她与天智天皇的恋情关系的唯一的一首歌。作歌的时间当是藤原镰足死后，天智在位的某一天；最迟不过天智九年（670）秋。在空寂中等待天皇的来访，稍有动静，侧耳听之，秋风吹送，户帘微动，不由一阵紧张心跳。之后，明白了刚才不过是秋风入户而已。瞬时的兴奋、欣喜消失，只有生出的些许失落感。不单写心情的波动，更体现出“寄情思于秋风”的汉诗式的风采。

君待つと我が恋ひ居れば我がやどの 簾 動かし秋の風吹く

（《万叶集》四・488）

## 镜王女（鏡王女 かがみのおおきみ）

生年未详，天武十二年（683）卒。镜王之女，额田王之姊，舒明天皇之至亲，藤原镰足之妻。《万叶集》中有歌五首，与天智天皇之交往，见于相闻歌；与额田王有唱和之歌。

82. **秋山中，木叶遮掩，清水流。**

**我之思慕，胜君情柔。**

天智曾赐镜王女歌(见前72歌),此为她的答歌。她后来成了藤原镰足的妻子，在这之前有一段时间（大约是在难波宫时代,645—653),受到天智宠爱。对天皇而言，这只是多名这样的女性中的一人；但对镜王女而言，自感高贵，觉得天皇才是合适的理想的交往者。成为镰足之妻后，虽注意合于自己的身份，但对天智之爱终生未变。

秋山（あきやま）の木（こ）の下隠（したがく）り行（い）く水（みず）の我（われ）こそ益（ま）さめ御（み）思（おもひ）よりは

（《万叶集》二・92）

83. **风声能，催动恋情，真可羡。**

**静待勿叹，风定掀帘。**

是和额田王的前一首（歌 81）之作。时当丈夫藤原镰足过世之后，自己无人可待，真羡慕可待天皇来访的额田王。深爱着天智天皇，又因天皇之命而成为镰足之妻。（在镰足家，她从不入流开始，与生有天武之夫人的冰上女、五万里女等前面的妻子相比，王女的地位不稳。）歌中，一、二句言风声动情思，实可羡慕，三句以下言风仍会来，何可哀叹之有？可以看出自己强烈的感情跃动。

風をだに恋ふるはともし風をだに来むとし待

たば何か嘆かむ

（《万叶集》四・489）

## 藤原镰足（藤原鎌足 ふぢはらのかまたり）

推古二十二年至天智八年（614—669）。中臣连弥气长子，母为大伴夫人。帮助大中兄皇子开辟大化改新之路；天智天皇授其为大织冠内大臣，赐姓藤原。《万叶集》有其相闻歌两首。

84. **玉梳妆，将见山葛，藤蔓长。**

**未得共寝，情何心堪?**

前，镜王女有赠歌："玉梳箱，开之合之，天将亮。君名可弃，我身难当。"

（《万叶集》二·93）

本首歌是对镜王女的答歌，也是在其面前求婚时咏出的歌。

"怕人看见，天未亮前就回去吧！"王女如此央求之，"尚未共寝同眠，决不回去！"此为镰足之答。这有似一种民谣风的求婚歌，也显示了他在天智天皇的授意下向王女求婚的具体情况。

第一句用了与王女之歌完全相同的词句，这是赠答歌的一种样式。原文“将见圆山”（みもろの山）即“三轮山”，前面的枕词“玉くしげ”，包含了“打开盖子看哟”这样的意思，这也可看出“将见”之意。

姜按：和歌中之枕词，是呈固定搭配的词语组合。其本意在歌意中也似已淡化乃至消退。但除了其修饰性作用之外，其本有意思也隐约犹在。起到了类似中国传统诗歌中的“兴”的作用：“先言他物以引起所咏之词也。”

**玉(たま)くしげみもろの山(やま)のさな葛(かずら)さ寝(ね)ずは遂(つい)にありかつましじ**

（《万叶集》二・94）

## 85. 安见儿，我得了哦。众人都，求而不得，美人儿哟！

据题词，这是中臣镰足娶采女安见儿时所咏之歌。所谓“采女”，就是郡的少领以上的官员的姐妹、女儿中选出的姿容端美者送之于天皇御前的女子。未得天皇之允许，禁止他人娶纳采女。镰足得采女安见儿为妻，意味着是天智天皇对他多年劳绩的褒赏。歌中虽言“妻”，但本不是正妻，而是妾之属。对天皇的恩赏，镰足由衷感谢，故歌中多张大铺陈的词句，以在宫廷宴席上诵咏之。镰足之歌仅遗二首，其歌谣性很浓厚，与同时代的富于文才的额田王、镜王女之歌相比，明显有着质的差别。

**我（われ）はもや安見児（やすみこ）得（え）たり皆人（みなひと）の得（え）がてにすとふ**
**安見児（やすみこ）得（え）たり**

（《万叶集》二・95）

## 天武天皇（天武天皇　てんむてんわう）

生年未详，朱鸟元年（686）卒。舒明天皇的皇子——大海人皇子，母为皇极（后又为齐明）天皇。第四十八代天皇。与大友皇子（弘文天皇）争位而战（壬申之乱），得胜，即位。推进律令制国家体制。《万叶集》中有歌五首。

86.　**紫茜艳，妹已属人，似可厌。**

**纵虽如此，岂无眷恋？**

题词说道：其为皇太子时，与额田王赠答之歌作。天智七年（668）五月五日，在蒲生野药猎（采鹿茸、药草，展示礼仪的行乐）的宴会上之作。围绕对额田王的爱情追求，在天智和天武之间的纠纷争夺，今已难以明确。虽是一种戏剧式的歌作，但也勾画出了激剧的爱情争夺。

表现技法上，第三句的“憎厌”是一种假定，后文否定了这个假说。情感表现出豪放与阔达。

**紫（むらさき）のにほへる妹（いも）を憎（に）くあらば人妻（ひとづま）ゆえに我（われ）恋（こ）ひめやも**

（《万叶集》一·21）

## 87. 吉人来，吉庆观瞻，道吉祥。吉野福地，吉人天相。

题词说，这是天皇行幸吉野离宫时作的歌，经口传而在诸书所留而各有不同。且这样的歌体正是民间流传的所谓“快口歌”的一种样式。以“ょ”为头韵而反复，形成一种轻快的音调。文中可用：淑、良、吉、好、芳等字来译这个“ょし”（为了对应原文的重复、反复感，译文中都用“吉”字来译之）。这是天武八年（619）五月中的庆典上所作。词、句之头用“ょ”音八次，全歌调子轻捷明快宽松。“ょし”与“見る”反复使用，“ょし”再带入“ょき”“ょく”的语尾变化，减小了重复感。且“吉野”地名，也包含了“ょし”的音和义。

**よき人(ひと)のよしとよく見(み)てよしと言(い)ひし吉野(よしの)よく見(み)よよき人(ひと)よく見(み)**

（《万叶集》一・27）

88. **我家园，飞鸟宫中，雪未收。**

**你家大原，雪降在后。**

题词为:“天皇赐藤原夫人之歌。”其下一首为“藤原夫人奉和之歌”。此“夫人”即藤原镰足之女五百重娘。其出生地为较此飞鸟之净御原宫稍偏僻一点的“大原”，此宫与大原相距不到一公里。歌中谐谑而言:“你那家乡下雪在后！”音调上的重复:“大雪”“大原”“降雪”。咏诵之有心直口快之感。内容与形式很相配，并不求取深意。

**我(わ)が里(さと)に大雪(おおゆき)降(ふ)れり大原(おおはら)の古(ふ)りにし里(さと)に降(ふ)らまくは後(のち)**

（《万叶集》二・103）

## 吹芡刀自（吹芡刀自　ふふきのとじ）

生卒年不详。天武天皇之女十市皇女之女侍。天武四年（675）二月，十市皇女参诣赴伊势神宫，所献寿歌为此女侍所作等。《万叶集》有其歌三首。

89.　**河边上，圣洁岩石，苔不生。**

**少女娇美，永葆青春。**

十市皇女参拜伊势神宫时，看到了波田的横山之岩。吹芡刀自作歌并有题词。歌之第二句，以岩石崇拜之由，斋戒沐浴以言岩。从飞鸟到伊势的途中的波田，看到其河边露出的岩石，被其净洁触动而有了初句，也不是被巨岩的神秘性所震摄，有种内模仿的构想，作为近侍而站在十市的角度作歌，为十市祈福寿。当然，也站在刀自自己的角度，为少女祈福。三句急转到四句、停顿，五句收束，表明根本想法。

河上（かわのへ）のゆつ岩群（いわむら）に草生（くさむ）さず常（とこ）にもがもな常（とこ）娘子（おとめ）にて

（《万叶集》一・22）

## 高市皇子（高市皇子　たけちのみこ）

白雉五年至持统十年（654—696）。天武天皇之长子。壬申之乱时，帮助天武，指挥全军。后为太政大臣。被尊称为后皇子。

90.　**三轮山，短麻棉布，奉祭之。**

**佳期苦短，怀想长思。**

十市皇女亡故时，高市皇子作歌三首，事见于题词。本歌为第二首。十市之母，乃是额田王，其为天武最喜爱的皇女，为大友皇子妃，生子葛野王。壬申之乱，站在天武和高市一方的大友受攻战死。高市虽为天武长子，但本歌流露出他对十市的隐秘的爱慕。左注中记天武七年（678）夏四月，十市死。举说“短麻棉布”本是以为祭祀之币帛，此喻指短命。祈神佑我二人爱得长久，而十市命苦短，我却总想念她。歌作深有叹恨。

三輪山(みわやま)の山辺(やまへ)まそ木綿(ゆふ)短(みじか)木綿(ゆふ)かくのみゆえに長(なが)しと思(おも)ひき

（《万叶集》二・157）

91. **清泉边，棣棠花开，映容姿。**

**欲往汲泉，路径难知。**

这是接上之第三首。已逝者，知道棣棠花畔的清泉之所在，然而现实中的人是无从知道的。当时的信仰是认为死者去往山中，生者去那里就可以与之相会。联想到十市当在棣棠花（又称面影花）倒影于水中之所。初、二句追索皇女的形象，以当时人们喜爱的盛开的棣棠花之美为其造像。“山吹”“山清水”还意味着“黄泉”，日本人认为在棣棠花开放的水边可以看到已亡故的人的面容。

山吹の立ちよそひたる山清水汲みに行かめど道の知らなく

（《万叶集》二・158）

## 麻续王（麻続王　をみのおほきみ）

生卒年不详。天武四年（675），获罪而流于因幡，其二子也各流于伊豆岛、血鹿岛。其流配地即《万叶集》中所说的伊良虞岛。《万叶集》中有其歌一首。

92. **浮世人，顾命那管，浪打湿。**

**伊良岸边，割藻食之。**

天武四年（675），麻续王与二子各被流于因幡、伊豆岛、血鹿岛。其事流传各地，其歌也被后人传咏。其人可能是一个创作、传承物语故事的人。歌中描绘出荒莽海滨的渔夫的生活情景。

**うつせみの命(いのち)を惜(お)しみ波(なみ)に濡(ぬ)れ伊良虞(いらご)の島(しま)の玉藻(たまも)刈(か)り食(は)む**

（《万叶集》一・24）

## 持统天皇（持統天皇　じとうてんわう）

大化元年至大宝二年（645—702），天智天皇之二皇女，母为石川麻吕女。天武天皇之皇后，天武没后，临朝称制，子草壁皇太子死后，即皇位。第四十一代天皇。《万叶集》有其歌六首。

93.　**春已过，夏来濯衣，香具山。**

**天降祥光，素衣已干。**

题词为:“天皇御制歌。”历来的歌是将喜爱集中于春和秋，此歌加入了夏，明确地咏出了对夏抱持的迎接态度。第三句以后用的是面对实景的写实手法，闪现出了写景之歌的光亮起点，在人事诗上加上了写景诗（歌）。第二、四句对眼前景有敏锐的感觉和捕捉。天之香具山，有“天所降的神圣的香具山”之意；晾干衣服，是指晾干祓禊时濯洗的衣服。

春(はる)過(す)ぎて夏(なつ)来(きた)るらし白(しろ)たへの衣(ころも)干(ほ)したり天(あめ)の香具山(かぐやま)

（《万叶集》一・28）

## 大津皇子（大津皇子　おおつのみこ）

天智二年至朱鸟元年（663—686）。天武天皇之皇子，母为天智天皇之女大田皇女。其母早没，天武崩后，其皇后称制，构言大津谋反，处以死刑。大津相貌堂堂，有文武才；曾被受执掌朝政。新罗相士曾言其非久居臣下之人。爱好诗文，《怀风藻》有诗四首，《万叶集》有歌四首。

94.　**我待妹，山坳深处，水滴流。**

**久立水下，我身湿透。**

大津皇子赠石川郎女之歌。石川为大津皇子之宫中侍女，日并（草壁）皇子之情人（见 96、97 歌）。以此，指举大津谋反的，或当是石川郎女。“待妹于山之滴水处”，写了相会山中之况，实有奇遇感。原文：“あしひきの”，修饰“山”的枕词；二、五句重复，三句可置于初句之前。歌作单纯明朗。

**あしひきの山（やま）のしづくに妹（いも）待（ま）つと我（われ）立（た）ち濡（ぬ）れぬ山（やま）のしづくに**

（《万叶集》二・107）

95. **由来远，磐余池上，鸣鸭噪。**

**今日看后，命向云销。**

大津皇子受死之日，磐余池上泣啼作歌。时在朱鸟元年（686）。对着从幼时就见惯的磐余池，还有池上按季常来的群鸭，从眼前景而凝视到自己的死，对鸭的感触成了自己生命的最后一个内心动态。初句（ももづたふ）是一个枕词修饰语，表示一个大、多的数字，如五十、八十、一百等；这里带有传续、扩大之意。与四、五两句有遥遥的呼应。全歌写出了深切的内心感触。“云隐”是日语中对死的婉转、带尊敬的说法。魂魄离去，如鸟（鸭）飞逝于云中。

《怀风藻》中，有皇子题为《临终诗》的诗作：

“金乌临西舍，鼓声催短命。泉路无宾主，此夕离家向。”可为参读。

**ももづたふ磐余(いわれ)の池(いけ)に鳴(な)く鴨(かも)を今日(きょう)のみ見(み)てや雲隠(くもがく)りなむ**

（《万叶集》三 • 416）

## 石川郎女（石川郎女　いしかわのいらつめ）

生卒年未详。本名是大名儿，为大津宫中的女侍。与大津皇子、日并皇子都有情歌赠答（相闻歌）。（与《万叶集》中，与久米禅师、大伴田主有赠答歌的石川郎女别为一人。）

96.　**等我在，山坳深处，滴湿你，**

**那山泉水，就是我吧！**

从题词可知，是石川郎女唱和之歌。接受大津皇子“山坳滴水我湿透”之歌（见 94 歌）而作答歌。答歌，往往是一看而知，少求深意，而单纯展示技巧的。这一传统也逐渐形成。初句到四句，几乎原样重复来歌的内容，结句反过来说出自己的想法。本歌中看似有情，实是无情的婉拒！出语老狡，恼煞大津！（此为折口信夫《口译〈万叶集〉》之释说。）

我(わ)を待(ま)つと君(きみ)が濡(ぬ)れけむあしひきの山(やま)のしづくにならましものを

《万叶集》二・108）

## 日并皇子（日並皇子　ひなみしのみこ）

天智元年至持统三年(661—689),天武天皇的皇子,其母后来成为持统天皇。他也被称为草壁皇子。天武、持统的皇太子。参与吉野盟誓，作为皇太子，领头宣誓对天皇忠诚。《万叶集》有相闻歌一首。

97.　**大名儿，远方割得，白芒来。**

**盈盈一握，柔情在怀。**

题词说：日并（草壁）皇太子赠石川郎女之歌。郎女其人，大津皇子宫女，名大名儿。本歌中说到石川丢开自己而与大津皇子往来，第二、三句说到割草之事，主要体现第四句的“一握之间”（束の間も）——你我近在眼前，暗含亲近之意。歌中说到割草之事，也有民歌之风。

おおなこ　おちかたのへ　か　かや　つか　あひだ　われわす

**大名児を彼方野辺に刈る萱の束の 間 も我忘**

**れめや**

（《万叶集》二・110）

## 大伯皇女（大伯皇女　おおくのひめみこ）

齐明七年至大宝元年（661—701）。天武天皇之皇女，母为天智天皇皇女之大田皇女，大津皇子之姐姐。天武二年（673）被任命为伊势斋宫，翌年去伊势，以后十三年间都在斋宫任职。《万叶集》有歌六首。

98.　**送弟弟，返归大和，夜深时。**

**伫立天晓，衣裳露湿。**

题词云：大津皇子私往伊势斋宫，其归时作为姐姐的大伯皇女所作之歌。时当天武崩后的忌日，随便参诣国家守护神的伊势大神，有犯禁之嫌，故被疑问，指说为有谋反之意，谓其“窃犯禁忌”，成了其被赐死的起因。大津之“谋反”，乃持统、草壁方面的一个陷阱，以阻其登位之想。大津年轻，文才武功出众，深得人望。这样的贵公子成了悲剧人物，也让人同情。

我(わ)が背子(せこ)を大和(やまと)へ遣(や)るとさ夜深(よふ)けて暁露(あかときつゆ)に我(わ)が立(た)ち濡(ぬ)れし

（《万叶集》二・105）

## 99. 二人行，夜越秋山，亦艰难。奈何让你，只身路上。

题词云：大津皇子窃往伊势神宫，返回时，大伯皇女作了歌二首。此为第二首。作为姐姐，对弟弟的落魄、苦闷，同情共感，让其一人翻越秋日冷寂的山岭，颇为伤情。歌史上有很多行旅牵挂之作，这是姐弟情牵的一例，但与众多的恋情牵挂之作也颇有共通之点。如《伊势物语》写的：“急风吹，白浪涌，夜半时，君独行，越山岭。”（23 段）

二人(ふたり)行(い)けど行(い)き過(す)ぎかたき秋山(あきやま)をいかにか君(きみ)がひとり越(こ)ゆらむ

（《万叶集》二・106）

**100. 想见的，弟弟你啊，已去矣！**

**我来做甚？我马已疲。**

大津皇子被处死后，大伯皇女解任伊势斋宫，赴京城时作歌二首。作为大津皇子悲剧的尾声，皇女忧心于其弟，然到京城有什么意义呢？伊势别后四十多天，大津已死一月有余。其情况并非全然不晓，这在第三句中就透露了。然在上一歌（163）中说到："在伊势，难以预期。"让其越山回京，几等于去赴死。这就有更多的悲痛。本歌的第三、四句，是对着死者的灵魂诉说悲叹，也是对我身独存的叹恨。这是一首痛苦的女子的述怀之歌。

**見(み)まく欲(ほ)り我(わ)がする君(きみ)もあらなくになにしか来(き)けむ馬(うま)疲(つか)らしに**

（《万叶集》二・164）

## 101. 尘世中，我呀活着。明日起，对二上山，伫望我弟。

题词：大津皇子移葬二上山时，大伯皇女悲歌二首。大津于十月三日被处死后，次年春，移葬二上山顶。此山地处交通要冲，且被信奉为有神意的山，将“谋反”之人葬于此，恐其作祟，不准做墓丘，然终得葬下。大伯皇女于悲痛中作歌，在静默沉思中，心中涌起作为弟弟“守墓人”而活下去的想法。“うつそみの”意为现世、浮世。“二上山”，大和（奈良县）北葛城君子西之山。原文中“我”下接感叹词“や”，也增加了悲叹情调。

**うつそみの人(ひと)なる我(われ)や明日(あす)よりは二上山(ふたかみやま)を**
**弟(いろせ)と我(あ)が見(み)む**

（《万叶集》二·165）

**102. 岩畔折，马醉木花，难给你。**

**遇你之事，谁敢说起。**

马醉木乃春日之花，歌亦当写于春日，移葬大津后所作。亦有生死之对比，与前一首有着连贯的心情。描写了岩石边所生的马醉木（山野中自生的常绿灌木，春时，开壶状小白花），本歌中，体现出想念大津的大伯皇女的哀思。第三句写折花想让你看，在四、五两句中写了不可行而做了否定。因为当时虽有这样的习惯：讲述在山林中与死者相遇之况，以宽慰其有关亲友。但如末句写到的：对大津这样一个“罪人”，无人敢讲起曾和他在山中相遇。

**磯(いそ)の上(うえ)に生(お)ふる馬酔木(あしび)を手折(てお)らめど見(み)すべき**

**君(きみ)がありといはなくに**

（《万叶集》二・166）

## 柿本人麻吕（柿本人麻吕 かきのもとのひとまろ）

生卒年未详。活动在持统、文武两朝期间。作有天皇、皇族的行幸从驾的歌作、殡宫挽歌等。运用枕词、序词、对句等手法熟练，仪礼色彩浓厚，有多首长歌、短歌。名列三十六歌仙中，《万叶集》有其歌八十四首。后之《柿本朝臣人麻吕歌集》，未知编者何人、成于何时。其中的歌，也多有收入《万叶集》中。

103. **乐浪在，志贺唐崎，亦未变。**

**言公卿船，再也不见。**

近江大津宫址所咏长歌《近江荒都歌》的第一反歌。乐浪为志贺郡一带的古名，唐崎在今大津市下阪本町。咏唱大津荒废宫址的作者，移目湖岸，看到与往昔毫厘未变的自然风光，与时移境迁的宫廷、公卿，形成了强烈的对比。将自然人化，由未变的唐崎等发言：公卿华贵的船再也看不到了。

**楽浪(らくなみ)の志賀(しが)の唐崎(からさき)幸(さき)くあれば大宮人(おおみやひと)の船(ふね)待(ま)ちかねつ**

（《万叶集》一・30）

104. **乐浪水，志贺大湾，波不摇。**

**往昔故旧，难再遇到。**

《近江荒都歌》的第二反歌。与上一首相似，上三句歌咏的是不变的自然，转到对难与昔人相遇的感叹。物是人非，荣哀两异，悲从中来。这是所谓的“动乱调”（日学者五味智英之语），是柿本人麻吕的创造之一。歌之前、后，内容情调相异，原因在于自然亲和感——古代的自然感情，渐渐崩坏，因历史环境的动荡，融入了人世沧桑的悲情。

**楽浪(らくなみ)の志賀(しが)の大(おお)わだ淀(よど)むとも 昔(むかし)の人(ひと)にまた逢(あ)はめやも**

（《万叶集》一・31）

105. **天皇出，山川神灵，共趋奉。**

**川流回急，君臣舟中。**

持统天后行幸吉野时，从驾的人麻吕咏歌。时在持统五年（695）春夏之交。推测人麻吕 29 岁。伊藤左千夫评说此歌：“神人相和而游，见圣代之景况也。”日本古代以天皇为神，故在诗歌中也有表现。

**山川（やまかわ）もよりて奉（つか）ふる神（かむ）ながらたぎつ河内（かふち）に**

**船出（ふなで）するかも**

（《万叶集》一・39）

106. **英虞浦，当已乘船。女官们，**

**裙裾珠裳，潮水溅沾。**

题记为：天皇幸于伊势国时，留京之柿本人麻吕作歌。事在持统六年（696）三月。人麻吕未从驾而留于飞鸟净御原宫。故歌中两用推量助动词“らむ”，表示其为心中推想之景况。然或许在这些女官中，就有人麻吕之相爱者。

**英虞(あご)の浦(うら)に船乗(ふなの)りすらむ乙女等(おとめら)が珠裳(たまも)の裾(すそ)に潮満(しおみつ)つらむか**

（《万叶集》一・40）

107. **荒野中，割草葺屋，黄叶落。**

**君之面影，亦曾来过。**

此歌是对轻皇子（草壁皇子之子，后为文武天皇）狩于安骑野时所咏长歌的第二短歌，是草壁薨后三年的持统六年（692）冬所作。在长歌中咏述了追怀君父的皇子的旅宿。本短歌继续言明探访安骑野的意图。“割草”“黄叶” 都是铺垫主体内容。前三句是一个序词，修饰后二句。如中国古典诗歌中的起“兴”。酷似这样一首：“盐潮涌，乱石岸滩，起伏波。妻之面影，随波荡过。”（《人麻吕歌集・纪伊作歌》，《万叶集》九・1797），且这歌似为先作。

ま草刈(くさか)る荒野(あらの)にはあれど黄葉(もみじば)の過(す)ぎにし君(きみ)が形見(かたみ)とそ来(こ)し

（《万叶集》一・47）

108. **原野东，曙光已布，红霞铺。**

**回头西看，残月将没。**

轻皇子狩于安骑野长歌的第三短歌。黎明时分的旷野，一夜未眠的人们，见到了东方的曙光和日出之前的壮丽朝霞；而当回过头来向西看，看到的是残月西倾，余晖犹存。将广远之景收入一首之中。一、二句将“い”段音置于重要点上，增加了寒气袭人的紧迫感。

来寻访草壁皇子遗踪遗影的人们真正看到的是如往昔一样的曙天将晓的光景。在“稚气未脱”的写生（斋藤茂吉语）中展示出平易的诗意。有似于与谢芜村俳句中的境界：“日东升，菜花一片，月西沉。”

東(ひむかし)の野(ぬ)にかぎろひの立(た)ち見(み)えてかへり見(み)すれば月(つき)かたぶきぬ

（《万叶集》一・48）

109. **石见国，高角山上，树缝间。**

**我之挥袖，妻能看见！**

从石见国赴京别妻时所作的长歌《石见相闻歌》之第一反歌。与此歌很相似的是天平胜宝七年（755），武藏国的“防人歌”：“站立在，足柄高坡，振袖招。窗中妻妹，当能看到。”（《万叶集》二十・4423）虽境、山有别，但挥袖相同。本歌更明切地想象出“树缝间”的远看，能否看见，更是令人心焦之事。远而振袖，欲使看见，其爱的激情表现，正同于此前长歌的末句：“欲见妻门，抚平此山”，欲去掉遮望眼的山岭。体现出反歌与长歌的呼应和整一。（姜按：中文本无“振袖”一词，也无“挥袖”，中国古人告别，是“挥手”，如：“挥手自兹去，萧萧班马鸣。”［李白］）

石見(いわみ)のや高角山(たかつのやま)の木(こ)の間(ま)より我(わ)が振(ふ)る袖(そで)を妹見(いもみ)つらむか

（《万叶集》二・132）

110. **竹叶乱，清音满山。我与妹，**
**初分乍别，情思难断。**

《石见相闻歌》第一长歌的第二首反歌。满山小竹风中清响，作者却似充耳不闻，沉浸在对妻子的思今中，因为他才同妻子离别。“不曾远别离，安知慕俦侣。”（张华诗《情诗五首・五》）离别使思慕更为切实。

笹(ささ)の葉(は)はみ山(やま)も清(さや)に乱(みだ)るとも我(わ)は妹(いも)思(おも)ふ別(わか)れ来(き)ぬれば

（《万叶集》二・133）

## 111. 红光艳，太阳照耀。只可惜，月过夜空，黯然隐蔽。

持统三年（689）四月，草壁皇子逝去后，殡宫期间，人麻吕所咏长歌的第二首反歌。

反歌：跟在长歌后面的概括、发展长歌意味的短歌；也始自柿本人麻吕。

“あかねさす”，枕词，写红艳。见歌80注。“ぬばたまの”枕词，修饰黑、夜等。第一、二句咏太阳照耀，似是实景形象，也有赋予才即位的持统天皇的一些象征意义。长歌中说到天孙与天武天皇，多有赞颂，此处也是一个呼应。对应写到的“月”，也应是实景，但也暗示出草壁皇子，并用夜空映衬他的死。

**あかねさす日(ひ)は照(て)らせれどぬばたまの夜渡(よわた)る**
**月(つき)の隠(かく)らく惜(お)しも**

（《万叶集》二・169）

112. **鸟宫中，曲之池上，水鸟恋。**

**向往尊观，浮游不潜。**

作于日并皇子殡宫之时。歌中的“曲之池”，是皇子生前所在的“鸟之宫”中的一个水池。借物而咏，赋人之感情予物——鸟之上。以水鸟思念皇子，欲再得其观瞧，而不愿潜头、身于水中的设想之景，写出对皇子的哀悼和怀念。

**島(しま)の宮(みや)曲(ま)がりの池(いけ)の放(はな)ち鳥(どり)人目(ひとめ)に恋(こ)ひて池(いけ)に潜(かづ)かず**

（《万叶集》二・170）

113. **埴安池，堤围沼水，隐难现。**

**舍人伤痛，郁结莫言。**

持统十年（696），高市皇子殡宫时所咏长歌的第二短歌。长歌咏唱在壬申之乱中高市皇子投身于激烈战斗的情况，是《万叶集》中突出的有雄壮格调的歌作。皇子殡宫在香具山麓，埴安池附近。一、二句讲到堤围沼水，出水口难寻。以此为喻，说到皇家杂务舍人们的困惑。以水流不出之状比喻郁结的心情。第一短歌曾咏道：“天高远，高天自知，皇子在。日月流转，缅怀感戴。”（二・200）抒写的是主观的感情；本首稍稍离开了舍人角度，不是写悲伤，而是写郁闷难言。

**埴安(はにやす)の池(いけ)の堤(つつみ)の隠(こも)り沼(ぬ)の行(い)くへを知(し)らに舎人(とねり)は惑(まと)ふ**

（《万叶集》二・201）

## 114. 红叶茂，妹入秋山，已迷失。欲往寻觅，山路难知！

据题词：前有长歌，妻子死时，人麻吕哀恸泣血而咏歌之反歌。咏唱的是：红叶满山中的迷路。形象化地表现了：逝者只是进入山中；这样死者与生者的世界在地缘上是连接着的。这出于一种原始思维的想象，是一种原始的生死观。人麻吕把从“记・纪”神话接触到的情景用抒情的方式加以表现。歌中的焦点是：寻找逝去的妻子的山路难寻！但打破了时、空界线而进入了歌之境。这是人麻吕开辟的一个方法。

**秋山(あきやま)の黄葉(もみじ)をしげみ惑(まと)ひぬる妹(いも)を求(もと)めむ山(やま)道(ぢ)知(し)らずも**

（《万叶集》二・208）

## 115. 去年见，秋月正与，今年同。共看月之，妻在云空。

悲亡妻第二长歌的第一首短歌。长歌中写了给亡妻送葬后，屋舍之荒凉和入山寻妻之凄怆。此短歌为山中徘徊之咏叹。上半（一至三句）写和去年未变的月光，下半（四、五句）写妻已和人世隔绝。岁月空转，人影消遁，人麻吕却仍在苦苦寻求妻子的所在。

去年(こぞ)見(み)てし秋(あき)の月夜(つくよ)は照(て)らせども相(あい)見(み)し妹(いも)は

いや年離(としさか)る

（《万叶集》二・211）

## 116. 天皇临，神意苍茫，天云中。雷岳声震，建有行宫。

据题词，是为天皇出游雷岳时人麻吕所作。是天武天皇抑或持统天皇，并不明确。“天云”，是对雷神的修饰，雷神居于天云之中；雷岳，即指奈良的明日香村的叫大字雷的小丘，意为雷神降临之所。于此丘上营建行宫，应出于作者的虚构和夸张。应该历史具体地看待人麻吕把天皇视为能君临自然神的现世神的想法，以及他对这样的神力的赞颂。

大君(おおきみ)は神(かみ)にしませば天雲(あまくも)の雷(いかづち)の上(うえ)に庵(いほ)ら

せるかも

（《万叶集》三・235）

**117. 过敏马，割藻之所，舟行轻。**

**又近野岛，夏草青青。**

羁旅歌八首之第二首。西行回折时作。当时行舟于濑户内海，称之为播磨五泊，顺停于大和田（神户）、鱼位（明石）、韩泊。此歌为从难波出海后的第二日，在明石对岸的淡路的野岛附近所咏。过了明石海峡，大和的山峰就看不到了。旅情满怀，对家乡之人的思念也更深了。一首歌中包含了两个地名，用“割海藻”“夏草深”来修饰之。且敏马是祭求水神之地，过敏马而显示了海行的平稳。用“过”“近”也都给人以海上行船的动态感。

**玉藻(たまも)刈(か)る敏馬(みぬめ)を過(す)ぎて夏草(なつくさ)の野島(のしま)の崎(さき)に舟(ふね)近付(ちかづ)きぬ**

（《万叶集》三·250）

## 118. 海滩风，淡路野岛，忧满怀。

## 妻为我系，纽绊已开。

羁旅八首之第三首。这也是西行折回后作。与上首相同，皆作于旅途中。在野岛海滩，旅愁更甚。海风掀动，妻子给系上的纽绊被吹散开了。不直言情而显情——想家念妻。说海风，接着说纽绊，还有一点关系：古代习俗，纽绊嵌入了家人的心魂，联缀着行旅者与亲人的心灵神魂。结纽，为万叶羁旅歌之屡见。另外，人麻吕还把中国诗常见的风吹衣以见旅愁的写法，融入了歌中。

**淡路(あわぢ)の野島(のしま)の崎(さき)の浜風(はまかぜ)に妹(いも)が結(むす)びし紐(ひも)吹(ふ)き返(かえ)す**

（《万叶集》三・251）

119. **稲日野，眺望行船，艰难过。**

**加古岛名，音动恋波。**

羁旅八首之第五首。稻日野，即印南野，在今兵库县加古郡和加古川 、明石两市一带。海阔行船也须用心瞭望。四、五两句讲到心中念想，是因为“加古岛”中的“こ”音，让人想到了家中孩子“こ”、妻子“こ”，故恋心涌动。

**稲日野(いなびの)も行(い)き過(す)ぎかてに思(おも)へれば心恋(こころこい)しき**
**加古(かこ)の島(しま)見(み)ゆ**

（《万叶集》三・253）

120. **天高远，地僻路遥。恋心催，**

**过明石门，见大和岛。**

羁旅八首之第七首。濑户内海东行，去往京城时作。“天離る”本为“僻地”的枕词，“僻”或“鄙”，是指相对畿内的四外之地，近江、筑紫、越等等。这里指的是从九州出去更远的地方。上半表现出切盼与期待。明石之内就是畿内，过此海峡向东，就能看到怀念中的大和的山峰。音调明朗轻快的下半，透现着靠近、看到大和山的喜悦。从节奏和内心喜感来说，颇像杜甫的“即从巴峡穿巫峡，便下襄阳向洛阳。”（《闻官军收河南河北》）

**天離(あまざか)る鄙(ひな)の長道(ながち)ゆ恋(こ)ひ来(く)れば明石(あかし)の門(と)より大和島(やまとしま)見(み)ゆ**

（《万叶集》三・255）

## 121. 冠盖销，宇治川水，渔具漂。
## 水流波荡，踪迹渺渺。

一开头的“官员如云”（もののふの八十），是修饰宇治川的“序词”，意指仕于朝廷的氏族贵人甚多。宇治川，与当时的壬申之乱（大海人对大友之争战，前者胜）关系很深。面对眼前河水中漂着的渔具竹木（“網代木”），触动作者的感怀。人、物杳渺，人世难测，荣华衰朽于瞬间，显贵趋向于末路。

やそうじがわ　あじろき　なみ

**もののふの八十宇治川の網代木にいさよふ波**

い　し

**の行くへ知らずも**

（《万叶集》三・264）

122. **近江海，夕波千鸟，汝群鸣。**

**沉沉古意，悠悠思心。**

原文中的“你”（汝）是一个呼告，对千鸟而发言；以近岸海波中的“千鸟”为焦点，它们成了接通“古”的一个媒介。“夕波千鸟”是人麻吕所创的一个新词。正确理解是：黄昏时近岸水中在波间觅食的群鸟。岸边的作者为此群鸟鸣叫声所包围、融合，而涌起思古之情。这里的古，也是与“近江”联系的大津宫的往昔。

あうみうみゆうなみちどりな　な　こころ

**近江の海夕波千鳥汝が鳴けば心もしのに**

いにしへおも
古 思ほゆ

（《万叶集》三・266）

123. **往来频，朝廷府治。明石岛，见之遥想，神力营造。**

人麻吕去往筑紫时海上作。原文歌中“大君”指天皇，“朝廷”指行政管理九州的太宰府。原文的“蚁通”，形容联通的不断。“岛门”难以定指，当是明石海峡附近。见此“岛门”而回思“神”、神话中的神们的事情。如人麻吕的狭岑岛作歌表现“神的面容”，其附近的盐饱各岛体现的造化之妙等。本首歌体现了庄重严正的格调，其赞颂性、悠远性，都与前面说到的“动乱调”不同，可以称之为“庄严调”。

おおきみ　とお　みかど　ありとお　しまと　み　かみよ
大君の遠の朝廷と蟻通ふ島門を見れば神代し

おも
思ほゆ

（《万叶集》三・304）

124. **布留山，少女振袖，神社墙。**

**我之思慕，清纯久长。**

歌作前半（一至三句），似是对后半（四、五句）的一种修饰，以体现其思慕的久长与清纯。原文中“娘子们”，指未婚的少女；“布留山的墙边”，是说在其地石上神宫的垣墙边。这些少女是仕于神社的女性，他们立于墙边的振袖招手，更见清净的美。借助这样的情景、形象来表现我的高洁的恋慕。

**娘子(おとめ)らが袖布留山(そでふるやま)の瑞垣(みずかき)の久(ひさ)しき時(とき)ゆ思(おも)ひき我(われ)は**

（《万叶集》四・501）

125. **一握间，夏野鹿角，甚短小。**

**思妻恋心，片时未消。**

雄鹿春生角，夏尚极短小。原文“束之间”，指一握、四指之短小。一至三句，都可视为一个序词，修饰后面的内容。全歌的主体在四、五两句。这种修饰首先以鲜明的夏野雄鹿的形象来展开，接着强调的是它的角短小；鹿也是总被写为以鸣声来呼牝，进而引伸为呼友的动物。写对妻子的思念，不是一如惯常地写深长，而是说片时也放不下。

**夏野(なつのい)行く牡鹿(おしか)の角(つの)の束(つか)の間(ま)も妹(いも)が心(こころ)を忘(わす)れて思(おも)へや**

（《万叶集》四・502）

126. **鸭山上，枕岩而卧，将长眠。**

**妻仍痴痴，盼我归来。**

题词为："柿本朝臣人麻吕在石见国临死之时，自伤作歌一首。"此歌和在石见与妻道别上京时所作歌一起，是人麻吕晚年出任石见官职时的作品。歌中的妻子是石见的"依罗娘子"，并非河见加摄津的那一位。鸭山是葛城的鸭山，石川是河内的石川。也有传闻说：作歌表现对石见之海极为憧憬的人麻吕，死于石见的海中。

**鴨山(かもやま)の岩根(いわね)しまける我(われ)をかも知(し)らにと妹(いも)が待(ま)ちつつあるらむ**

（《万叶集》二·223）

以下署为《柿本朝臣人麻吕歌集》，同见《万叶集》中。

127. **天如海，云涌波起，月舟移。**

**云海星林，形影依稀。**

题词为："咏天。"（天の詠む）写夜空、星月、云彩，生动而优美。描绘出有如康德所说的"纯粹的美"，不涉及概念和利害计较，"符合目的性而无目的性"的纯然"形式"的美。运用了明喻和暗喻，其意境有如李白诗"明月出天山，苍茫云海间"，张先词"月破云来花弄影"。清空而朦胧。或可译为：3、5、3、5、5："天如海，云涌波浪起，月舟行。云海星林间，形影总依稀。”

天の海に雲の波たち月の船星の林に漕ぎ隠る見ゆ

（《万叶集》七・1068）

128. **高山上，急濑过石，声淙淙。**

**弯月在峰，墨云渐涌。**

《咏云二首》之二。写到急濑过石的声响，且黑云渐布，弯月出峰，把视、听二感官接受的景况同时展现，用“一同”“并行”（なへに）将其连接起来。显得音调急迫，景致跃动，洋溢着自然的生命力。关于“云”之色，歌中虽未言，但联系“弓月”“峰岳”，似以“墨云”（苏轼：“黑云翻墨未遮山”）更与境相合。日本传统中有认为恋人之魂藏于云中的说法，这也增加了歌作的情味。

あしひきの山川(やまがわ)の瀬(せ)の鳴(な)るなべに弓月(ゆづき)が岳(たけ)に雲(くも)立(た)ち渡(わた)る

（《万叶集》七・1088）

129. **卷向山，山边川流，水声喧。**

**命如水沫，岂可永年？**

思求人生去向的一首歌。前面有一首将之寄托于山，本首寄托于水，以咏叹人生的无常。人麻吕在卷向的妻子逝去后，在本歌中唱叹感慨。人命无常如同水沫，本出于佛典，此意见于《万叶集》是首例。从流水见人生世相，《论语》有“逝者如斯夫，不舍昼夜”之叹。本首通过亡妻事而见到广大范围内的人生世相，而咏出了深刻哀切之歌。

巻向(まきむく)の山辺(やまべ)とよみて行(い)く水(みず)の水沫(みなわ)の如(ごと)し世(よ)の人(ひと)我(われ)は

（《万叶集》七・1269）

130. **在远方，白云深处，见妻家。**

**快快赶去，加油黑马。**

题词为：“行路。”是寻访妻子的路上所咏之歌。在分开一段时间后，一天傍晚，丈夫找寻妻子的住处，没想到在很远的地方，心想着早一点和妻子见面，男子催坐下的黑马加速。都城在飞鸟净御原，其妻住地是卷向，当约有 10 公里的路程。唐杜牧的《山行》，人麻吕不可能读到过（人麻吕生活于 661—720 年之间，杜牧生活于 803—852 年。此歌，杜也不可能读到吧），但诗的前两句与此歌前三句颇相像；后两句与此歌的后两句，似是反其意而言之。

**遠(とお)くありて雲居(くもい)に見(み)ゆる妹(いも)が家(え)に早(はや)く至(いた)らむ歩(あゆ)め黒駒(くろこま)**

（《万叶集》七・1271）

## 131. 夜已深，清夜沉沉，雁阵鸣。

## 远空传响，月轮西倾。

“献弓削皇子（ゆげのみこ）歌三首”之一。此皇子为天武天皇的六皇子。当时是在以皇子为中心的雅集之席上人麻吕受命作歌以献。闻雁鸣于空，举目望之，见到中天之月已西倾，时已深夜。原文用了推测的语气（らし），结尾简洁，只用了“看到”（見ゆ）做结束。几个意象：夜、空、雁声、月，有人指出与曹丕的《燕歌行》相似。可以肯定的是，歌作显示了当时的歌人，已开始广泛汲取汉诗文的诗情，以打开和歌的新的境界。

**さ夜中(よなか)と夜(よ)は深(ふ)けぬらし雁(かり)が音(ね)の聞(き)こゆる空(そら)**
**を月渡(つきわた)る見(み)ゆ**

（《万叶集》九・1701）

**132. 高远的，天香具山，红云照。**

**晚霞平铺，春已来到。**

神圣的香具山是日本大和国的象征，晚霞舒展而现，春天到来了。歌作跃动着感受到春天来临的喜悦。枕词“ひさかたの”展现高远的境界，香具山是传说中由天而降的神圣的山。歌作是在藤原京附近初春的国家典礼上人麻吕所作。以季节推移变化为主题的歌作，也正是由此开始。到了后来《新古今和歌集》中后鸟羽天皇的歌作：“朦朦中，春来在空。香具山，天之所赐，霞光铺满。”也是取法于本歌。

**ひさかたの天(あめ)の香具山(かぐやま)この夕霞(ゆうべかすみ)たなびく春立(はるた)つらしも**

（《万叶集》十・1812）

## 133. 春日柳，枝条垂曲，何承受？

## 我心满承，妹之情柔。

可爱的女子完全占据了我的心。把此境况寄托于春之垂柳上，感叹而歌咏之。从柳条之屈曲联想到心灵的承受负重，“乘于心上（心に乗り）”本是一个特殊而有趣的表现。后来在日语中成了一个惯用词句。《万叶集·东歌》十四，有用例，后来在京城也流行开来。柳，不仅是祭祀农耕之丰，与咒术有关联的物象；而且新柳也是早春在歌垣等游宴上的歌咏之形象，其柔曲之美、其浅绿鲜活的枝条，也与曼妙婀娜的美女的姿容叠合，有着鲜明而丰富的意味。

**春（はる）さればしだり柳（やなぎ）のとををにも妹（いも）は心（こころ）に乗（の）りにけるかも**

（《万叶集》十·1896）

134. **天河畔，河曲草青，秋风摇。**

**相见时刻，就快来到。**

七夕歌一首，推想当是人麻吕在七夕之宴上的咏作。只有在七月七日牛郎织女才能相会的传说，被活用在了与妻子相会的情景中。将飞鸟川之景与天河之景融合，并创造了“水阴草”一词，言指水畔阴凉处的草地。再以一种咏叹的格调加以表现，他对与妻子相会相聚的由衷期盼得到充分表现。

**天の川水陰草の秋風に靡くを見れば時は来にけり**

（《万叶集》十・2013）

135. **云未遮，卷向桧原，夜雾满。**

**松枝梢头，细雪流降。**

“卷向”，奈良县樱井市，人麻吕的妻子所在地；卷向之桧原本多雪，即便云未遮布，晴空犹在，也会飞雪飘落，布于松枝。写出了山间气候的激剧变化；不单只是写自然情景，降雪也预示和意味着吉庆。

**卷向(まきむく)の檜原(ひばら)もいまだ雲居(くもい)れば小松(こまつ)が末(うれ)ゆ沫雪流(あわゆきなが)る**

（《万叶集》十・2314）

## 136. 玉温润，昨夜相会，今晨别。恋恋不舍，似不妥帖。

与一夜情之女子告别，但又深盼赶快相逢相会，对有这样心态的男子，盼其内省、自制。“玉かきる”是“夕”的枕词，本意是玉的微妙光亮，显其深幽朦胧。当时的男子都是在天黑时去往女家，次晨天未亮时，在黑暗中告别。难得的幽会之盼，在一夜过后得到满足，而为了在重逢前更有爱之心，如何引动思慕之情，是恋者当有的复杂、自然的心理。此歌即咏唱这样的想法。

玉(たま)かぎる昨日(きのう)の夕(ゆうべ)見(み)しものを今日(けさ)の朝(あした)に恋(こ)ふべきものか

（《万叶集》十一・2391）

137. **晨光照，我之身形，清瘦多。**

**曾有佳人，擦肩而过。**

偶尔路遇美女，擦肩而过，但爱难成就，为爱而消瘦，慨然而有咏叹。上三句写朝日光照，看到自己身影细瘦，巧妙表现出恋心的深切。枕词“玉かきる”在前一歌（136）中已出现过，这时更突显幽光微现，一闪而消，如美女面影眼前闪过。恋情无所靠托，仅有幻影和流丽的余韵。如“春梦不多时”“朝云无觅处”（白居易词句）。此类歌多被人喜爱、传诵。

朝影(あさかげ)に我(わ)が身(み)はなりぬ玉(たま)かぎるほのかに見(み)えて去(い)にし児故(こゆえ)に

（《万叶集》十一・2394）

**138. 望月亮，同在一域，山隔断。**

**可爱伊人，在山那方。**

这是寄物陈思的歌作——寄恋于月，寄怨于山。离都城并不太远的行旅之所，与家中妻子同眺普照之月，此时感到在京城的她离自己很近；但实际上为山所遮断，如想去会面实不容易。歌之感叹正在于此。但并不直言思念妻子而不能相会，而是从言外之意、余情余韵中流现。望月怀远之歌，《万叶集》中也甚多，这与当时乘月色而“访妻”的习俗有关。月，并不只是欣赏的美景，也是照明行路以赴幽会的有实际意义的存在。这是一首当时多获同感的作品。

つきみ　くに　おな　やまへな　うつく　いも　へだ

**月見れば国は同じぞ山隔り 愛し妹は隔ちたるかも**

（《万叶集》十一・2420）

139. **葛城山，春柳为鬘，妹在云。**

**相思不断，坐卧难宁。**

寄恋情于山和树的歌作。咏述了整日沉浸于恋情苦闷的男子的内心世界。以春柳为发饰“鬘”（かずら），将其加之于同音的葛城山之前，以为修饰之枕词。葛城山是大和国境内南北走向之山脉。上三句为一组序词，主要为了突出下二句。加上以相类似的音的反复：“立ち”“立つ”，形成轻快明朗的节奏。以云入歌，以柳为饰，既写早春之景，又合歌垣之况。

**春柳(はるやなぎ)葛城山(かつらぎやま)に立(た)つ雲(くも)の立(た)ちても居(い)ても妹(いも)をしそ思(おも)ふ**

（《万叶集》十一・2453）

## 皇子尊宫舍人等（皇子尊宫舍人等 みこのみことのみやのとねりども）

草壁皇子薨，其舍人等作伤恸歌二十三首，中当有柿本人麻吕作歌！

140. **莫撒野，岛宫池中，水鸟哟。**

**纵虽今日，皇子已逝。**

朱鸟元年（686）九月，天武天皇崩，草壁皇子（也被称为日并皇子）仅虚位，实权在其母鸬野皇太后手上，临朝称制。三年后，28 岁的草壁皇子薨于岛宫。此宫是明日香岛庄，乃用苏我马子的旧宅改建而成。其林泉之美甚著。天武天皇也一度驻跸于此。柿本人麻吕作挽歌，众人悲恨歌之。后来仕于皇子的舍人等所咏哀伤歌有 23 首。此宫遗址于 1972 年发掘而发现。

**島(しま)の宮(みや)上(かみ)の池(いけ)なる放(はな)ち鳥(とり)荒(あら)びな行(い)きそ君(きみ)まさずとも**

（《万叶集》二・172）

## 141. 真弓冈，袖手亦思：皇子在，我将终身，侍守御殿。

真弓冈，是明日香附近的一座小山冈。草壁皇子死后六十九年的天平宝字二年（758），被追尊为“冈宫御守天皇”，其陵墓在明日香的外面的真弓冈，离岛宫（岛庄）西南 4 公里。本歌以真弓冈这座小山冈为抒情发言的主体，构思是新颖生动的。

**外(よそ)に見(み)し真弓(まゆみ)の岡(おか)も君(きみ)ませば常(とこ)つ御門(みかど)と侍寝(とのい)するかも**

（《万叶集》二・174）

142. **朝日照，佐田冈边，群环绕。**

**舍人追怀，悲泪难消。**

此歌一、二句从“朝日照”，到“佐田冈边” 直叙草壁皇子陵墓的景致，景是明丽的；三句以后，转而写人的内心的沉痛，环立悼念的舍人们泪无已时，感伤至极。

あさひ て　さだ　おかへ　む　い　わ　な
**朝日照る佐田の岡辺に群れ居つつ我が泣く**
なみだ　とき
**涙 やむ時もなし**

（《万叶集》二・177）

143. **岛之宫，皇子遗爱，池上矶。**

**草入中庭，望之萋萋。**

歌中的“岛”，指岛之宫的庭园，其“上池”有“瀑布”之景，有组石粗犷杂乱的布局，即“荒矶”（此为 1987 年 9 月的考古发现），水中宫殿之遗址，部分立柱置于水，其“宫殿”中等规模，当是草壁皇子的“岛宫”。歌中说到的昔无草生而今有草生，是指其“中庭”荒芜之况。见出作者的哀惋伤痛。

**み立(た)たしの島(しま)の荒磯(ありそ)を今見(いまみ)れば生(お)ひざりし**
**草生(くさお)ひにけるかも**

（《万叶集》二・181）

144. **水曲处，山杜鹃开，白而哀。**
**昔日步道，谁尚能辨?**

岛宫内从冬野川引水为S形流水，且有小瀑布，故水时为激湍。山杜鹃（いわつつじ）之花色，同于丧服的“白麻纱衣”之色。末句之意，“无从再见到”，指说荒废得面目全非，以表深切的哀伤。

**水伝(みなつた)ふ磯(いそ)の浦廻(うらみ)の石(いは)つつじ茂(も)く咲(さ)く道(みち)をまた**
**も見(み)むかも**

（《万叶集》二・185）

## 高市黒人（高市黒人　たけちのくろひと）

生卒年未详。虽于持统、文武朝曾出仕，然官位执掌不详。曾从持统太上天皇行幸吉野、三河，有从驾歌作；也多有在近江、摄津、尾张、越中等多地的写景、羁旅之歌。《万叶集》中有歌 18 首。他的写旅途生活的歌作，十分感人。

145. **安礼崎，绕行水涯，一轻舟。**

**何泊此处，独对秋愁。**

据题词，随持统上皇行幸参河国时的歌，时在大宝二年（702）十、十一月间。安礼崎，在今爱知县南部；无棚板之舟，是上、左右皆无遮板的小船。高市之歌作，形象生动明切。现存之 18 首中（有 5 首尚有疑），已涉及 29 个地名。可以看出他好尚旅行的情怀。驾一叶小舟绕行安礼崎海角，也透露出作者深深的寂寥感。

いづくにか舟泊(ふなは)てすらむ安礼(あれ)の崎(さき)漕(こ)ぎたみ行(い)きし棚(たな)なし小舟(おぶね)

（《万叶集》一・58）

146. **向大和，高鸣而来，呼子鸟。**

**越象中山，心声渐杳。**

扈从持统天皇行幸吉野离宫时作。“象之中山”，吉野离宫的宫瀑之南的一座山，其地名“象”，故亦以名其山。“呼子鸟”，因其鸣如呼唤人之声，故名；又写作“闲古鸟”。其飞向的大和，是作者及众多人的故乡。歌作除了写景，更表达了思乡之情。原文中对鸟的方向，用了“来”，而没有用“去”，是表明自己心在大和之意。

大和(やまと)には鳴(な)きてか来(く)らむ呼子鳥(よぶこどり)象(きさ)の中山(なかやま)呼(よ)びぞ超(こ)ゆなる

（《万叶集》一・70）

147. **山麓下，朱红小船，向海上。**

**行旅之人，油然怀乡。**

黑人羁旅八首之第一。“红船”，是为驱魔而涂红的官船。看到山麓下的红船正行往海上，触动望乡、归乡之念。朱红的小船鲜艳夺目，且静心观之，给人深刻的印象。出行漫思家，山边小红船，行行向海上。

**旅(たび)にしてもの恋(こい)しきに山下(やまもと)の赤(あけ)のそほ舟(ぶね)沖(おき)を漕(こ)ぎ見(み)ゆ**

（《万叶集》三・270）

148. **向樱田，浅湾潮退，鸣鹤翔。**

**年鱼市潟，唳鹤云上。**

樱田，在今名古屋市的新樱田一带。年鱼市潟，为附近浅湾。作者从樱田眺望伊势湾，群鹤飞鸣而来，蔚为壮观。朴素、明晰，涌动在黑人心中的总是这样的有着真切感的情景。鹤阵飞鸣向樱田，年鱼市浅湾潮水干，鸣鹤飞翔、飞翔。歌中两次重复“鸣鹤飞”（鶴鳴き渡る）加深了给人的印象。

**桜田(さくらだ)へ鶴鳴(たづな)き渡(わた)る年魚市潟潮干(あゆちがたしおひ)にけらし鶴(たづ)鳴(な)き渡(わた)る**

（《万叶集》三・271）

149. **众水汇，近江石岸，且行船。**

**群鹤高唳，声传远方。**

在近江琵琶湖，石岸尖角，众水会凑，船行寂寥，鹤飞鸣叫。高市喜作视、听齐会的描写，展开开阔的空间，但旅愁飘漫，渐渐涌上心头。岸岩海角正行船，近江海滨鸣鹤翔。

**磯(いそ)の崎(さき)漕(こ)ぎたみ行(い)けば近江(あうみ)の海(み)八十(やそ)の湊(みなと)に鶴(たづ)さはに鳴(な)く**

（《万叶集》三・273）

**150. 我之舟，入比良湾，已泊岸。**

**深夜时分，回思海上。**

古时的小船如遇夜航就会很危险而恐惧，要小心应对；故回到港湾已深夜是有些庆幸的。表达这样的意思：我舟泊于比良湾，海上归来夜已深。《万叶集》中也还有同类似的歌作：离海上，我舟回抵，明石港。心影得定，泊舟系缆。（《万叶集》七・1229）

**我(わ)が舟(ふね)は比良(ひら)の湊(みなと)に漕(こ)ぎ泊(は)てむ沖辺(おきへ)な離(さか)りさ夜(よ)深けにけり**

（《万叶集》三・274）

**151. 有何处，让我栖宿？当走到，**

**高岛胜野，天色若暮。**

羁旅歌之一首。“高岛胜野”，近江高岛郡之三尾，即今之大沟町。歌中的“宿何处”之想之问，是黑人歌作的一个倾向性建构，不仅勾想起旅宿难的叹慨，更连接起对自然景色的咏叹。率直简单却意味深长，表现出旅途中孤寂的心境。

**何処(いづく)にか吾(われ)は宿(やど)らむ高島(たかしま)の勝野(かつぬ)の原(はら)にこの日暮(ひく)れなば**

（《万叶集》三・275）

## 152. 早当来，看此落叶！榉树林，<br>山城高树，红黄飘零。

黑人的羁旅八首之一。作于山城之旅中。“高村之榉林”，高村在山城国缀喜郡多贺乡，其地榉林落叶之景，在当时也颇有名。虽仅后三句说到写到其地落叶之景，但以一、二句说“早当来”“看此落叶”，就增加了主体的赞赏、趋就之情的表现，使全歌生色。

速(と)く来(き)ても見(み)てましものを山城(やましろ)の高(たか)の槻村散(つきむらち)りにけるかも

（《万叶集》三・277）

## 长屋王（長屋王　ながやのおほきみ）

天武十三年至天平元年（684—729）。高市皇子之长子，母为御名部皇女。正二位左大臣，不堪谗言而自尽。喜好汉诗文，常在宅邸作诗歌之宴。《怀风藻》有诗三首，《万叶集》有歌五首。

153. **旅宿夜，宇治间山，晨风寒。**

**闻说借衣，妹甚犯难。**

题词：文武天皇行幸吉野宫，随行之长屋王作歌。宇治间山，是吉野町上市东北的一座小山。虽是随行，但王与文武是堂兄弟。时当二月（701 年 4 月），寒意仍深，互借衣为夜之被盖，乃是当时的风气；（姜按：古代日本，并无被子，夜卧仅以衣盖身；甚至到了平安时代也如此，参读《源氏物语》可知。）歌中的“妹”，当并非是亲爱相好者，或即行宫的女侍；令其为难的是，她并没有稍多一点的衣物可借。歌中虽非恋情之类的展示，却也略可温暖、缓解浸饥入骨的寒意，并知当时人们的生活情景。

**宇治間山朝風寒(うじまやまあさかぜさむ)し旅(たび)にして衣(ころも)貸(か)すべき妹(いも)もあらなくに**

（《万叶集》一 • 75）

154. **明日香，好友旧宅，鸟啁啾。**

**群唤“妻子”，等她已久。**

后有小注：从明日香迁都藤原京后作。明日香，奈良地名。千鸟“鸣”，后接传闻、推定的表达，增加了咏叹的意味。“我之兄弟”，指说很亲密的朋友。其迁都后的空宅，有的只会是鸟儿呼侣的鸣叫吧，它们等待其“妻子”应当已经很久了。“妻子”（つま）、有版本作“岛”（しま），今从前者。

**我(わ)が背子(せこ)が古家(ふるへ)の里(さと)の明日香(あすか)には千鳥鳴(ちどりな)くなり妻待(つまま)ちかねて**

（《万叶集》三 • 268）

## 志贵皇子 （志貴皇子　しきのみこ）

生年未详，卒于灵龟二年（716）。天智天皇的七皇子，母为伊罗都卖。持统朝任职于撰善言司，被授予二品衔，死后被追尊为后春日宫天皇。

155. **明日香，香风吹卷，采女袖。**

**现非都城，风自怀忧。**

题词：从明日香宫迁都到藤原宫后，志贵皇子作歌。据考：志贵皇子之母就是一位采女（宫中从事杂役的宫女）。志贵作歌时的心中，涌动着这样的情景：往昔旧都的繁华和今日旧都的空寞；还有就是隐含的：自己的采女母亲的形象。追忆和联想织就了全歌的画面。吹起采女衣袖的明日香之风，已非昔日京城之风了。它徒劳地在哪儿吹着。

采女(うねめ)の袖(そで)吹(ふ)き返(かえ)す明日香(あすか)風(かぜ)京(みやこ)を遠(とお)みいたづらに吹(ふ)く

（《万叶集》一・51）

156. **芦苇旁，游行鸭背，落满霜。**

**大和夜寒，怀愁思乡。**

据题词：庆云三年（706）随行在难波时咏作。歌中并不单是在讽咏自然景致，而主要是体现对仍留在故乡的妻子的思念与牵挂。据考，当时纯粹咏唱自然风光的歌作还没有，这要等到再后来山部赤人做出开创后才有之。苇边游动鸭背，入夜寒霜铺满，想起大和故乡。

葦辺(あしへ)行(い)く鴨(かも)の羽(は)がひに霜(しも)降(ふ)りて寒(さむ)き夕(ゆうべ)は大和(やまと)し思(おも)ほゆ

（《万叶集》一・64）

157. **崩岩缝，早蕨萌芽，瀑流边。**

**生之灵动，迎来春天！**

题词：志贵皇子欢欣之歌一首。欢喜之由，并不明了。也或许是某次酒宴上的感兴。此歌有很明快的节律感，如原文二、三句中，连着用了三个“の”音，洋溢着轻捷的力量动感，和“崩岩”做了很好的呼应。“早蕨生”、“风吹袖”（155 歌）、“翼落霜”（156 歌），志贵在修饰、描写上很有创意。崩岩瀑流边，早蕨已发芽。春天到了啊！

いわはし　たるみ　うえ　も　い　はる

**石走る垂水の上のさわらびの萌え出づる春になりにけるかも**

（《万叶集》八・1418）

## 弓削皇子（弓削皇子　ゆげのみこ）

生年未详，卒于文武三年（699）。天武天皇的六皇子，母为天智天皇女大江皇女。持统七年（693），被授予净广二位衔。《柿本人麻吕歌集》中有奉于皇子的歌五首；他和额田王有赠答歌，和异母妹纪皇女有相闻歌等。《万叶集》中共留有其歌九首。

158. **怀古情，交让木覆，井之上。**

**一鸟飞鸣，穿云声响。**

题词是：持统天皇行幸吉野时，随行之弓削皇子赠额田王之歌。歌中说的“古”，当是说天武朝时，其为天武之六皇子，考其年代，此歌在其十五六岁时所作。“怀古之鸟”，也寄托了作者的感情，有如啼血之杜鹃；“交让木”（乔木，4-10 米高，叶生枝端，新叶生则老叶尽落）及其旁的“井”，也当是作者和受赠歌的额田王常思难忘的情景。鸟有怀古情，交让木覆罩之井上，飞鸣过长空。

古（いにしへ） に恋（こ）ふる鳥（とり）かもゆづる葉（は）の御井（みい）の上（うえ）より鳴（な）き渡（わた）り行（い）く

（《万叶集》二・111）

159. **吉野川，水流石上，无停歇。**

**相处光景，踪影已绝。**

思念纪皇女之作，四首之一。此纪皇女为天武天皇之皇女，母为苏我赤兄的女儿大蕤娘，是穗积皇子的同母妹；与作者是异母兄妹。二人之间有着较亲密的关系，以石上流水来比喻并表现之；但如流水一样没有停歇，而流逝不见了。具体到吉野川，湍流石上，它不是一点也不停顿吗？

吉野川（よしのがわ）行（い）く瀬（せ）の早（はや）みしましくも淀（よど）むことなくありこせぬかも

（《万叶集》二・119）

**160. 秋萩上，白露消逝，奈何之。**

**恋情难留，艳彩尽失。**

萩，为豆科落叶低木，秋时紫红小花，渐变白而落。前面三句，整个的形象建构，来修饰“消失”；最后再点明是“爱”“恋情”未能延续。《万叶集》中屡见这样的技法运用，是带有民谣风的歌作。歌作体现出作者对无可奈何的命运的哀叹。如秋萩上的白露一样消失了，恋情未能延续。

**秋萩(あきはぎ)の上(うえ)に置(お)きたる白露(しろつゆ)の消(け)かもしなまし恋(こ)ひつつあらずは**

（《万叶集》八・1608）

## 但马皇女 （但馬皇女　たぢまのひめみこ）

生年未详，卒于和铜元年（708）。天武天皇之皇女，母为藤原镰足之女冰上娘。为三品内亲王。持统年间，在异母兄高市皇子之宫中，有寄异母兄穗积皇子相闻歌四首。收于《万叶集》中。

161. **虽落后，恋情催追。岐路上，**

**插上路标，我的兄长！**

题词为：穗积皇子敕令遣往志贺山崇福寺。共四首歌，皆是在高市皇子之宫，与穗积皇子好合有关之作。“追赶”和“给路标”是两个主要点。虽落于后，但恋情催动，能赶上的。道路回曲之处，请给路标，兄长！

**後(おく)れ居(い)て恋(こ)ひつつあらずは追(お)ひ及(し)かむ道(みち)の隅(くま)廻(み)に標(しめ)結(ゆ)へ我(わ)が背(せ)**

（《万叶集》二・115）

162. **流言烦，此生扰扰，未过河。**

**赶早渡之，其奈我何?**

题词为：但马皇女在高市之宫时，终结了与穗积皇子的私密交往，而公开化了。因而作歌。人言纷扰，如川流阻隔，恋情不得已而成“密通”。穿越人言可畏的阻隔，渡河而行，意味着公开他们的关系，体现出但马皇女强烈的感情。人言纷扰，此生难应，且渡朝河，以解此困！

ひとごと　しげ　こちた　おの　よ　わた　あさ
**人言を繁み言痛み己が世にいまだ渡らぬ朝**
がわわた
**川渡る**

（《万叶集》二・116）

## 穂积皇子（穂積皇子　ほづみのみこ）

生年未详，卒于和铜八年（715）。天武天皇之五皇子，母为苏我赤兄之女大蕤娘，庆云二年（705），为二品亲王，知太政官事。同三年赐为准季禄，右大臣。和铜八年（715）正月，授一品衔。同年七月卒。与异母妹但马皇女相爱，皇女死后，以大伴坂上郎女为妃。《万叶集》有歌四首。

163. **遥眺望，吉隐冈上，雪飞扬。**

**寒气逼人，沁入心肝。**

题词为：冬日雪落，遥望其墓，悲伤流涕。吉隐，奈良县矶城郡初濑町。猪养之冈，在吉隐东北方。但马皇女薨于和铜元年（708）六月，吉隐猪养冈为其墓之所在，作者时从藤原京遥望之，甚是伤感。意为：大雪降下，遥看皇女陵墓所在之吉隐猪养冈，寒气入心冷。

**降(ふ)る雪(ゆき)はあはにな降(ふ)りそ吉隠(よなばり)の猪養(いかひ)の岡(おか)の寒(さむ)**

からまくに

（《万叶集》二・203）

**164. 今早上，听到雁叫。春日山，**

**红叶应盛，回想心伤。**

题词为：穗积皇子御歌二首之一。作于 710 年迁都平城京之后，但马皇女（708 年卒）曾有歌，说到“今朝雁声”（见《万叶集》1515），此亦可谓遥和之。春日山，在奈良东部。“心痛”，应不是简单的悲秋之感，而更多的是失去爱侣的痛切。今朝闻雁声，春日山上红叶盛了吧，我心却伤痛。

けさ　あさけかり　ねき　かすがやま
**今朝の朝明雁が音聞きつ春日山もみちにけら**
わ　こころつう
**し我が心痛し**

（《万叶集》八・1513）

165. **在家里，关柜上锁，风情魔。**

**跑出抓我，我逃不脱！**

有注：穗积皇子在宴会上，酒酣时常咏诵之歌。虽如戏谑之作，但似与和但马皇女之恋情有关。

原文的“恋之奴”，或可直译为“那色魔”“恋爱狂”，或如“春梦婆”（莎士比亚《罗密欧与朱丽叶》），近之。缘于本歌中其颇有强力，故译为“风情魔”，是说恋情有一种让人陷入迷狂的神秘力量。歌意：家里头，关进上了锁的柜里哪个恋情狂，跑出来抓住了我！

**家(いえ)にある櫃(ひつ)に鑰(かぎ)刺(さ)し蔵(おさ)めてし恋(こい)の奴(やっこ)がつかみかかりて**

（《万叶集》十六・3816）

## 舍人皇子（舎人皇子　とねりのみこ）

天武五年至天平七年（676—735），天武天皇的三皇子，母为天智天皇女新田部皇女。一品亲王，知太政官事。奉元正天皇敕命，为《日本书纪》编纂总裁。《万叶集》中有应诏歌、相闻歌等三首留存。

166. **大丈夫，竟单相思，虽叹息。**

**仍恋不休，言之丑矣。**

此是赠舍人娘子之歌。自嘲自叹，但也表现出自己恋情的深切。堂堂男子汉，竟然单相思。叹息不争气，丑笨沉恋情。

**ますらをや片恋(かたこい)せむと嘆(なげ)けども醜(しこ)のますらをなほ恋(こ)ひにけり**

（《万叶集》二・117）

## 舍人娘子（舍人の姫 とねりのおとめ）

生卒年未详，经历亦未详。大宝二年（702）随持统上皇行幸三河，有赞美伊势的园方浦之歌作，有与舍人皇子的相闻唱和歌，以及咏雪歌，共三首见于《万叶集》。

167. **猛丈夫，弯弓搭箭，对箭靶。**

**靶形浦现，澄沏清涯。**

从驾行幸三河时作。一至三句是一个修饰语“序词”，修饰“的形”一词；此词有两义：圆形靶，的形浦（圆形浦，地名）。从壮士弯弓射箭的姿态到“的形浦”的水湾景致，紧张感消去，静美感呈现。这是一个有趣的变化。末句的“清爽”“清沏”（さやけし），正是对此水湾的描绘。

**ますらをのさつ矢(や)たばさみ立(た)ち向(む)かひ射(い)る**

**的形(まとかた)は見(み)るにさやけし**

（《万叶集》一・61）

## 长奥麻吕（長奥麻呂　ながのおきまろ）

生卒年未详，经历亦未详。大约是柿本人麻吕同时代或稍后的人。《万叶集》中，有呈持统上皇的应诏歌，持统、文武天皇的行幸从驾歌、羁旅歌、咏物歌等十四首留存。

168. **引马野，榛树之原，杂黄褐。**

**映衣成美，标记为贺。**

题词：大宝二年（702），随持统上皇行幸三河时作。引马野，在爱知县宝饭郡御津町一带。此行旧历十月十日动身，榛树（榛の木）当已落叶。榛之树皮、果实，煎汁或烧灰，可做染料。其树色给衣服映照上色彩，是虚构的；说的应当是染色，据说其树其果之色，溅于衣上则不退。歌中所述，并不见得是真事。而是一种大胆的语言技巧，说衣服变得美观多彩，以对行幸表达一种庆贺之意。

引馬野(ひくまの)ににほふ榛原(はいばら)入(い)り乱(みだ)れ 衣(ころも)にほはせ旅(たび)のしるしに

（《万叶集》一・57）

169. **雨中行，过三轮崎，辛苦呀。**

**经狭野渡，也不到家。**

三轮崎、狭野渡，皆和歌山县之地名。三轮崎，从新宫到那智的海边小路；渡り、意思是渡口，名狭野渡，经此渡过木之川，是古代交通的要冲。整首歌要倾诉的是：雨中旅行的辛苦。这是日本的数种歌集中都常见的意味。

苦(くる)しくも降(ふ)り来(く)る雨(あめ)か三輪(みわ)の崎狭野(さきさの)の渡(わた)りに家(いえ)もあらなくに

（《万叶集》三・265）

**170. 一二可，五六甚佳，三四行。**

**双陆骰子，见好才停。**

不只为了一、二数，而是为了五、六和三、四，双六骰子如此转！

题词：玩双六，一开始唱的歌。双六，是从中国传入日本的游戏，棋盘上黑白二马并行，按两颗骰子掷出的数字而前进，以先入敌阵方为胜。和歌中，汉字本不用音读，但本歌不是这样，数字皆用音读，而且形成了数字阵列。是一首特异的戏笑之作。

いちに　め　ごろくさむし
**一二の目のみにはあらず五六三四さへありけり双六の采**
すぐろく　さえ

（《万叶集》十六・3827）

## 坂门人足（坂門人足　さかとのひとたり）

生卒年未详。《万叶集》中有其随持统上皇纪伊行幸时所作歌一首。

171. **巨势山，层层叠叠，山茶树。**

**想象春野，如火如荼。**

据题词：大宝元年（701）九月随从行幸纪伊国时作。时为晚秋，山茶已无花，凝视之，以思花盛如潮之春时光景；感叹时光的推迁。

**巨勢山（こぜやま）のつらつら 椿（つばき） つらつらに見（み）つつ偲（しの）はな**

**巨勢（こせ）の春野（はるの）を**

（《万叶集》一・54）

## 长田王（長田王　ながたのおほきみ）

生年未详，卒于天平九年（737）。历任近江守，卫门督、摄津大夫等。天平六年（734），为朱雀门前的歌垣的头领，为《藤原家传》中的风流侍从之一。

172. **自寂寥，郁闷难舒。天高处，**

**更看潇潇，雨势如注。**

寂寥不乐，郁闷难舒。高天雨降，交横空际。

据题词：和铜五年（712）四月，长田王于山边的御井作歌。然歌中有“时雨”（しぐれ）本是指秋冬之时的阵雨，似与季节不合。但看枕词“ひさかたの”组成“高天”之意；所下雨为潇潇而落，交汇流注，不关注“阵雨”，而突出雨势。歌作写了胸臆，又写了雨情，突出了沉闷的心情。

うらさぶる 心（こころ） さまねしひさかたの天（あめ）のしぐれ
の流（なが）れあふ見（み）れば

（《万叶集》一・82）

## 安倍女郎（安倍女郎　あへのいらつめ）

生卒年未详，经历未详。《万叶集》中有相闻歌五首，富于机智与谐谑。（有歌赠大伴家持的安倍女郎是另外一人。）

173. **我的爱！无须愁思。如有事，**

**水深火热，我同赴之！**

歌作表现强烈且不屈不挠的爱情追求，以鲜明坚定的话语，激励自己的爱侣，打消他的犹豫和蹩困，以共同达成爱情的美满结果。平安时代以后的爱情之作，了无这样的勇决气概。

**我(わ)が背子(せこ)は物(もの)な思(おも)ほし事(こと)しあらば火(ひ)にも水(みず)にも我(わ)がなけなくに**

（《万叶集》四・506）

## 山前王（山前王　やまさきのおほきみ）

生年未详，卒于养老七年（723）。忍壁皇子之子。散位从四位下。《怀风藻》中有其佳宴诗一首，《万叶集》有歌三首。其死时，柿本人麻吕曾作悼挽之长歌。

174. **川风寒，徘徊长谷，长叹息。**

**叹息徘徊，哪人难遇！**

长谷（也写泊濑），在奈良县（大和）中部樱井，长谷寺的门前町。纪皇女离世后，山前王代石田王所作挽歌的第二首反歌。在长歌中写该女生前之形象：春来插橘花于发，秋时摘红叶而期于心。此歌中写的寒风中石田王在长谷叹息的情景，颇为特异，当是纪皇女葬于长谷，而王徘徊叹息之状。其欲遇之人，当是纪皇女，而竟不可见。

川風の寒き長谷を嘆きつつ君があるくに似る人も逢へや

（《万叶集》三・425）

## 三方沙弥 （三方沙彌　みかたのさみ）

生卒年未详。持统年间，作与其妻园臣生羽女之相闻歌、有关藤原长房之语的长歌、反歌等，《万叶集》中有其歌七首。

175. **妹长发，发髻是有，还是无？**

**一久未见，搔首何处？**

题词：三方沙弥娶园臣生羽，未几寝疾，作歌三首。作者经历不明，大约是半僧半俗之人。曾和一位叫园臣生羽的女子结婚（按当时习俗，也就有了等着“访妻”的相好者）。沙弥生病，此歌乃未往女子处所而咏以为赠。发髻解开了，还是仍结着，卧病的男子有此一问。意在询其是否有了新的相好。其妻的回复是：“人皆云，我发已长。虽长乱，是君见惯，不改梳妆。”

（《万叶集》二・124）

**たけばぬれたかねば長(なが)き妹(いも)が髪(かみ)このころ見(み)ぬに搔(か)き入(い)れつらむか**

（《万叶集》二・123）

## 176. 橘树影，胡思乱想，岔路旁。病中想妹，却未遇上。

当时都城，植果树于街道路边。歌中构想的情景是：橘树成片集市边，四通八达路口上，欲邂逅心上人而不可得。卧病床上，胡思乱想的是：何去何往？遇妹见妹？想来想去，也未见到。

**橘(たちばな) の影(かげ)踏(ふ)む道(みち)の八衢(やちまた)に物(もの)をそ思(おも)ふ妹(いも)に逢(あ)わずて**

（《万叶集》二・125）

## 元明天皇（元明天皇　げんめいてんわう）

齐明七年至养老五年（661—721）。天智天皇的四皇女，母为苏我仓山之女。日并（草壁）皇子妃，第四十三代天皇。有和铜铸币，由奈良迁都平城京，敕命撰进《古事记》《风土记》等政绩。《万叶集》有其歌三首。

177. **离开了，飞鸟故京，明日香。**

**君之所在，难得看见。**

此歌为和铜三年（710）二月，元明天皇由藤原宫迁往宁乐宫时，车驾驻于长屋原，回望故京时作。元明为天智天皇之女，草壁皇子之妃，生有元正、文武姐弟两天皇。草壁二十九岁时崩，首皇子（后之文武天皇）尚幼。元明天皇即位。在位期间，断然迁都，从狭隘不便的藤原京，迁到了新首都平城京。长屋原，在今天理市西井户堂町附近，是当时新旧两京的中点。飞鸟，即奈良；明日香，奈良一地名。“君所在”（君が辺り），指亡夫长眠之真弓冈一带。

飛ぶ鳥の明日香の里を置きて去なば君があたりは見えずかもあらむ

（《万叶集》一・78）

## 河边宫人（河辺宮人 かはべのみやひと）

生卒年未详，经历未详。可能是出身于朝臣吧。并不是人名，而是飞鸟河边（川原）仕于宫中之人。和铜四年（711）在姬岛还是摄津见到死去年轻女子，而作歌悲悼。《万叶集》中共存歌六首。

178. **自沉妹，难波潮退，现滩岸。**

**莫对此景，见之心酸！**

题词为："和铜四年岁次辛亥，河边宫人在姬岛松原，见女子之尸体悲叹作歌二首。"难波大隅岛曾作牧场，后又废弃。据说此女子是因爱上此处的一位牧人，但后来得知他已有妻子家室，自感人世之难可依托，而投水自尽的。

**難波(なにわ)潟(がた)潮(しお)干(ひ)なありそね沈(しず)みにし妹(いも)が姿(すがた)を見(み)まく苦(くる)しも**

（《万叶集》二・229）

179. **风吹地，美保浦回，杜鹃花。**

**见之感伤，人死水涯。**

题词为：“和铜四年辛亥，河边宫人姬岛松原见美人之尸体，哀恸作歌四首。”此为其一。风早，这样的地名太多，说的是风劲疾之荒地。美保，有久米女子所住的岩屋之地；浦回，入江的曲湾之处。

**風早(かざはや)の美保(みほ)の浦廻(うらみ)の白(しろ)つつじ見(み)れどもさぶしなき人思(ひとおも)へば**

（《万叶集》三・434）

## 山上忆良（山上憶良 やまのうへのおくら）

齐明六年至天平五年（660—733）。大宝元年（701）作为遣唐使节之少录而赴唐，回到日本后位列从五位下。曾任伯耆守、东宫侍讲、筑前守等。与太宰帅大伴旅人交往，是《类聚歌林》的编撰者。以富于人情、亲情的歌作，以及对汉诗文的通达而著名。《万叶集》中有其歌六十五首，另有他人拟其作（拟忆良作）二十五首。

180. **同仁们，快快回到，日本去。**

**三津岸松，翘首盼你。**

题词："在大唐时，回忆本乡而作歌。"忆良作为遣唐使的录事（书记），于大宝二年（702）渡唐，此歌是临近回国时，在宴会上所作。一开始的呼告——"年轻人"（子等），从口气上看，是代执节使粟田真人而作而言。把"岸松"和"等待"联系起来，有拟人化的生动表达，同时，"松"和"等待"（皆是まつ）同音；同时和"妻子"（つま），也是一音之转的相近。这样能加深意味，并和谐音声。歌中的"大伴三津"

（面对大阪湾的地面古来是大伴氏的领地，故名），即今大阪港，是遣唐人员的出发地。忆良等于704年回到日本。

**いざ子(こ)ども早(はや)く日本(やまと)へ大伴(おおとも)の三津(みつ)の浜松待(はままつま)ち恋(こ)ひぬらむ**

（《万叶集》一·63）

## 181. 忆良我，席间告退，儿泣盼；其母负儿，念念牵肠。

忆良任筑前国守。大伴旅人为大宰帅（728—730）期间，以他为中心，官员等频有歌宴。此歌题词："宴会告退而歌。"对宴会上的人，用语尊重而谦让。告退的原因，体现出忆良的更深切的对人情、亲情的由衷看重！三用推量的语气："我想……"（…らむ），体现出发自内心之感及委婉的表达。且音韵反复，读之流畅。

憶良らは今は罷らむ子泣くらむそを負ふ母も我を待つらむそ

（《万叶集》三・337）

182. **真后悔，早知如此，应让她，**

**遍览国中，名胜物华。**

前有代大伴旅人作悼妻之长歌（794），此为其后五首反歌之一首（其三）。设身处地以为旅人悼妻的感伤之叹。如本首以“真后悔”开始，而体现出妻子突然去世给人的打击。虽有人说也有可能是忆良本人悼亡妻之感受，但无相关情况的记载传世，故存而不论。歌中的“国”虽前有“あをによし”的奈良枕词，但并不专指奈良，也包含大和、筑紫等各处。

悔しかも斯く知らせばあをによし国内ことごと見せましものを

（《万叶集》五・797）

183. **妻所见，白檀之花，已落尽。**

**我泪未干，唏嘘悲情。**

题词为：“日本挽歌。”是为大伴旅人悼念妻子而代作。时旅人任大宰帅，赴任不久，同往的妻子大伴郎女不幸病故。忆良对其遭遇深表同情，作挽歌五首以呈送。时在 728 年 8 月。楝花，又名莔檀花。虽然我悲痛的泪水还没有干，而妻子生前见过的檀花一定已经落尽。

“日本挽歌”，是相对中国的挽歌而言，用日语写的挽歌。

**妹(いも)が見(み)し 楝(あふち)の花(はな)は散(ち)りぬべし我(わ)が泣(な)く 涙(なみだ) いまだ干(ひ)なくに**

（《万叶集》五・798）

184. **大野山，雾气迷漫，我长叹。**

**我之叹息，风中雾起。**

是前一首代旅人作挽歌的续作。叹息之气成雾，并非是忆良的一种猎奇的构想，万叶时代的人们惯有这样的想法，并屡见于歌中。如：“妻妹亡，我之叹息，如风起。海边自有，迷漫雾气。”（《万叶集》十五·3615）大野山，即大城山，在福冈县筑紫郡大野町；旅人之妻就葬于此山中，借此山雾，将悼妻的旅人的寂寥与伤痛表现了出来。有人认为，这些挽歌是忆良悲悼自己去世的妻子而作的。但据考，在这段时期，并无忆良丧妻的明证。大野山云雾笼罩，是我的叹息把雾气吹起。

おおのやまきりた　わた　わ　なげ　　　かぜ　きり
**大野山霧立ち渡る我が嘆くおきその風に霧**
た　わた
**立ち渡る**

（《万叶集》五·799）

185. **金银贵，玉石价高。岂能比，**

**娇小儿女，堪为珍宝！**

题词为：“思子之歌。”全歌，话语直白，而感情深沉。亲子之爱，似并不像有的研究、品鉴者所说的，尽来自佛教的“七宝”观和“法爱”观。其前面的长歌（802）虽引“佛说”云云，但归结到圣人、苍生，无不爱子。最大的可能，是来自对世俗人生的执着与挚爱，来自儒家的“仁爱”观。

**銀(しろかね)も金(くかね)も玉(たま)も何(なに)せむに優(まさ)れる宝子(たからこ)に及(し)かめやも**

（《万叶集》五・803）

186. **春来到，迎春梅花，初开放。**

**我自看花，一天到晚。**

题词为：“梅花歌三十二首。”据其序文，天平二年（730）正月十三日旅人的帅邸举行梅花歌宴，大宰府及九州各国的官人三十二人参加。对花饮酒，雅习中国的落梅诗，咏作短歌。忆良作为主宾，其所咏作，即为此歌。出语平易，而深情动人。春来到，我家迎春的梅花，我独自看了一整天。

**春(はる)さればまづ咲(さ)くやどの梅(うめ)の花(はな)ひとり見(み)つつや春日暮(はるひくら)さむ**

（《万叶集》五・818）

187. **愿为鸟，高飞送君，到京城。**

**怀愁振翅，再上归程。**

题词：书院饯酒日之和歌。其四首之一。中纳言大宰帅大伴旅人进升大纳言，即将回京。在天平二年（730）十二月六日，由忆良主办饯行宴会，在筑前国厅书院举行。此歌即忆良的送别辞。忆良本有出离现实做自由飞鸟的憧憬，此歌中的寄托，既有远送挚友的想法，又有借此而一展夙愿的表达。愿做高翔鸟，送君至都中，翻飞再归来。“飞上天”（天飛ぶや），枕词，修饰“鸟”“轻”等。

**天飛(あまと)ぶや鳥(とり)にもがもや 都(みやこ) まで送(おく)り申(もう)して飛(と)び帰(かえ)るもの**

（《万叶集》五・876）

## 188. 离天远，居于鄙地，已五年。京城风仪，全都忘记。

题词：斗胆陈怀之歌。忆良为筑前国守，从神龟二年至天平二年（726—730），已是五年整。对老病的忆良来说，此异乡生活对身心健康都不利。不只是仕途的晋升无望，在文艺沟通交流上，特别在旅人回京后，更显冷清孤单。对忆良而言，向往“都城风”（都の手ぶり），有着深层的政治、文化的原因。

あまざか　ひな　いつとせす　みやこ　わす
**天離る鄙に五年住まひつつ 都 のてぶり忘らえにけり**

（《万叶集》五・880）

189. **全不知，黄泉路长，心凄怆。**
**奈何上路，况无干粮。**

题记为：“为熊凝述其志歌六首。”一长歌五反歌。肥后国人大伴熊凝为一从人，因疾死于路途中。可能是受其亲之托，忆良拟其口气而作此组歌。从歌序知，熊凝最难割舍的是他的父母，“不患一身向死之途，唯悲二亲在生之苦”。故而他的魂魄也在找借口：无干粮，难上路。

つね　みち　ながて　いか　い
**常しらぬ道の長路をくれぐれと如何にか行か**
かりて　な
**む糧米は無しに**

（《万叶集》五・888）

190. **在世上，怀忧忍辱，心郁闷。**

**奋飞无翅，离世无门。**

题词为：贫穷问答歌。这是忆良的代表作。此前的长歌，以忆良的自画像的人物与农民围绕“贫穷”话题做问答，对农民的贫穷困苦的状态有揭露与表现。在此短歌中，表达关于现实问题的感想。其忧愤含有厌世的成分，苦恼生于现实。其“鸟”的形象，表现出离现实的束缚，对脱俗出尘的憧憬。但最终，化“鸟”不成，欲飞不能。

**世(よ)の中(なか)を憂(う)しとやさしと思(おも)へども飛(と)び立(た)ちかねつ鳥(とり)にしあらねば**

（《万叶集》五・893）

191. **心之痛，莫可慰藉。云中鸟，**

**且飞且鸣，悲泣哀号。**

题词为：老来病重，经年苦辛，且思念儿女之歌。

此为六首反歌的第一首。在此前的长歌中，择要表现了悲叹，其“我心难平”在于老迈与病痛，甚至想到了死，然念子心切，为父爱之网所擒。天平五年（733）六月三日，忆良以无常为主题，以汉文、汉诗、和歌三形式连作，成《沉痾自哀文》篇章，近乎死亡的告白。然而，以子女之故，做父亲的他，仍坚韧地活下去，表达至为痛切。

**慰(なぐさ)むる心(こころ)はなしに雲隠(くもがく)り鳴(な)き行(い)く鳥(とり)の音(ね)のみし泣(な)かゆ**

（《万叶集》五・898）

## 192. 无办法，痛苦缠人，辞世吧！儿女萦心，难以离家。

此为上面反歌的第二首。“痛苦缠人”，是照应长歌说到的“老迈多病”；“出走”（译为“辞世”），是照应长歌中说到的“长年病重”，“累月忧吟”，“屡有死心”，一种望死的心境。长歌更深切地表现出了面对娇顽儿女的难舍的父爱。本首中做了集中、概括。

**すべもなく苦(くる)しくあれば出(い)で走(はし)り去(い)ななと思(おも)へど子(こ)らに障(さや)りぬ**

（《万叶集》五・899）

## 193. 如水沫，区区微命。却整日，乞愿长生，楮绳千寻！

接前的第五首反歌。佛经中常说到人生犹如水沫，歌中的表达是一个回应。歌的主调语含讽喻，但并不是只针对别人，也针对自己屡有的长生之想。如在歌903中说道："未诵经，长数手环。犹念念，希求超凡，长生千年。"这是出自情之所盼；在本首中，把"水沫"与"楮绳"对比，表明所愿之不可能，这是来自理之所断。

**水沫(みなわ)なすもろき命(いのち)も楮縄(たくなわ)の千尋(ちひろ)にもがと願(ねが)**

ひ暮らしつ

（《万叶集》五・902）

194. **年幼小，不识路途。奉财物**

**恳请看守，背儿上路。**

原题记之意是：“思念夭亡的孩子古日之歌。”也是山上忆良代为拟作之歌。在沉痛中融入了生活的常识：孩子小，不认识黄泉路。平易道来，也宽慰了夭亡的孩子的双亲。

**稚ければ道行き知らじ幣はせむ黄泉の使負ひて通らせ**

（《万叶集》五・905）

195. **奉布施，诚心祈祷，无欺诳。**

**请直告我，天路何往！**

题词为：“念想古日男之歌”。此题有一长歌二短歌，此为第二首反歌。“古日”男，非忆良之子，可能是筑紫的一位熟人的儿子，不幸夭亡。忆良代其父作歌伤悼之。追善供养时奉以祭品财物，诚心求祷，直愿去往天堂。实为可哀可叹。

**布施(ふせ)置(お)きて我(われ)は乞(こ)ひ祷(の)むあざむかず直(ただ)に率行(えゆ)きて天路(あまち)知(し)らしめ**

（《万叶集》五・906）

196. **士君子，未立令名，此生空。**

**何得万代，为人传诵。**

题词为“沉疴时之歌”。忆良自谓为“士”，这里是指“官员”身份，更是有君子之德、文士之风。《万叶集》中，用此字为仅见，是忆良汉文化、特别是儒学修养的一个具现。大伴家持甚尊重忆良本首歌，曾以一长歌一短歌追和之。短歌为："大丈夫，当立修名，后人知。闻之说之，长留后世。"（《万叶集》十九·4165） 忆良病重，有官员河东边人前往探视。歌为对此探访的回应：修名未立而抱恨！天平五年（733），山上忆良逝世。

**士(おのこ)やも空(むな)しかるべき万代(よろづよ)に語(がた)り継(つ)ぐべき名(な)は立(た)てずして**

（《万叶集》六·978）

## 大伴旅人（大伴旅人　おおとものたびと）

天智四年至天平三年（665—731）。大伴安麻吕的长子。神龟年间，在筑紫任大宰府帅，天平二年升任“大纳言”而回到京城，从二位。《怀风藻》中有诗三首，《万叶集》中有歌六十三首。其歌作开创了不同于宫廷歌的文人歌。

197. **今所见，象小川水，比往昔，**

**愈见明彻，愈显清奇。**

神龟元年（724）三月，从驾往吉野离宫，奉敕作长歌并反歌。虽写河水之清彻，而实际含有对此行的赞颂。以“今”和“昔”对比，彰显此意。“象小川”，流经吉野离宫之宫中瀑布的小河。

むかしみ　きさ　おがわ　いまみ

**昔見し象の小川を今見ればいよよさやけくなりにけるかも**

（《万叶集》三・316）

198. **忘忧草，我系纽下，舒归思。**

**香具山下，家亦忘之。**

为大宰帅时，在筑紫作望乡歌五首之四。萱草可以忘忧，典出中国《诗经》：“焉得萱草，言树北堂。”（《卫风·柏兮》）而陆机诗：“安得忘归草，言树背与襟。”（《赠从兄车骑》）本说的是植于北庭和南庭，但被理解为系于衣上。旅人此歌亦如此用意，但用以言说难以回乡，故姑且忘之之苦衷。

**忘(わす)れ草(くさ)我(わ)が紐(ひも)に付(つ)く香具山(かぐやま)の古(ふ)りにし里(さと)を忘(わす)れむがため**

（《万叶集》三·334）

199. **却为何，愁思涌起，萦心际。**

**一杯浊酒，闲愁消去。**

题词为 ：“大宰帅大伴卿赞酒歌十三首。”此其第一，写酒可去除无端而来的愁情。常见之苦愁，或由爱恋受阻，或因思慕死去的亲友等等。皆事出有因，或由此而愁怀可疗。今所言之忧愁，如曹丕诗："忧来无方，人莫知之。"(《善哉行》)旅人对此闲愁，以"浊酒一杯"疗之。以显赞酒之意。

**験(しるし)なきものを思(おも)はずは一坏(ひとつき)の濁(にご)れる酒(さけ)を飲(の)むべくあるらし**

（《万叶集》三・338）

## 200. 不饮酒，枉此人生。那何如，变为酒壶，浸香彻骨。

此为赞酒之歌的第六。歌后有小注：三国时吴之大夫郑泉嗜酒，至留遗言，欲死后得埋于陶窑旁，待得化为土，可得治为酒壶。本歌即用此典，畅言酒壶常得酒之浸染，实为有幸。虽出戏谑，但赞酒之意更明。

なかなかに人（ひと）とあらずは酒壺（さけつぼ）になりにてしかも酒（さけ）に染（し）みなむ

（《万叶集》三・343）

201. **那大贤，实丑矣哉，不饮酒！**

**细细看之，冠缨沐猴。**

《赞酒歌》之七。以饮酒为上，不饮为非，中国典故多有之。如《南史・陈暄传》，暄曰：“汝以饮酒为非，吾以不饮为过。”人如猿猴之说，如《史记・项羽本纪》：“楚人沐猴而冠。”李白诗：“沐猴而冠不足言。”（《单父东楼秋夜送族弟沈之秦》）旅人把这二者联系起来，且直指装出贤人做派的人，加以讽刺。

あな醜（みにく）賢（さか）しらをすと酒飲（さけの）まぬ人（ひと）をよく見（み）れば猿（さる）にかも似（に）る

（《万叶集》三・344）

202. **在今生，饮酒甚乐。到来世，**

**变虫变鸟，吾亦为之。**

《赞酒歌》第十一。佛教以酒为恶之首，且要下地狱，变为虫、鸟。（《分别善恶所起经》等）此歌不以此为意，只求今生饮酒之乐。颇有点超其时代的理性光彩。

**この世(よ)にし楽(たの)しくあらば来(こ)む世(よ)には虫(むし)に鳥(とり)にも我(われ)はなりなむ**

（《万叶集》三・348）

203. **人一生，终有一死。因此上，**

**忘忧行乐，度过今世。**

《赞酒歌》第十二。陶渊明诗：“有生必有死，早终非命促。”（《挽歌诗》）不知这样的说法，是否已为旅人看到过。结果还是导向行乐和饮酒；歌中并无中国式的内在的人生忧思，而多有无忧无虑的乐观心态。

**生(い)ける人(ひと)遂(つい)にも死(し)ぬるものにあればこの世(よ)なる間(ま)は楽(たの)しくをあらな**

（《万叶集》三・349）

204. **我与妻，曾在鞆浦，祷神木。**

**树自青苍，妻已作古。**

天平二年（730）冬十二月，从筑紫回京途中作歌五首之第一首。此时，作者叙述的不是荣升大纳言的喜乐，而是来到筑紫的丧妻之痛。来时，与妻曾祷告于神木以求平安，而今妻子已亡；歌中未言哀痛，而哀痛已见于言外。柄（中文无鞆字）浦（鞆の浦）是备后国的一个港口。杜松（むろの木），是常绿乔木，古代日本人信奉为主掌寿命与福禄的神木。むろ，日语写“無漏”是佛教语“无烦恼”之谓。

我妹子が見し鞆の浦のむろの木は常世にあれど見し人そなき

（《万叶集》三・446）

205. **敏马崎，来时与妻，同眺过。**

**回时独看，悲泪悄落。**

同前之第四首，为旅人回京时过敏马崎时所作。敏马是神户港附近的一个海角，向东南可远眺大和之山；这也是旅人和妻子来时所同眺过的地方。今一人独回而眺之，更是悲伤落泪。

妹と来し敏馬の崎を帰るさにひとりし見れば涙ぐましも

（《万叶集》三・449）

206. **人已去！空家徒存，倍苦凄。**

**比之旅宿，更无可依。**

题词为：还家入户即作歌三首。此其一。用“空家”，被认为是一个新颖的“翻译语”，是中国诗的化用。如“归空馆而自怜兮”（潘安仁《寡妇赋》），“历穷巷之空庐”（向子期《思旧赋》）。由此也可以看出大伴旅人所具有的很高的汉学修养。

**人(ひと)もなき空(むな)しき家(いえ)は草枕旅(くさまくらたび)にまさりて苦(くる)しかりけり**

（《万叶集》三・451）

207. **妻与我，共同营作，小园中。**

**庭木长高，枝叶冬荣。**

同前之第二首。视点从空室转到了空庭：与妻共植之树甚繁茂，也长高了。遥思当日情景，同作共语，而今真不堪回首。本首中，作者不言悲、苦、伤痛，而此意味已流露、表明。

**妹(いも)として二人(ふたり)作(つく)りし我(わ)が山斎(しま)は木高(こたか)く繁(しげ)くなりにけるかも**

（《万叶集》三・452）

## 208. 我妻子，手植梅树。每面对，心痛如噎，黯然落泪。

同前之第三首。每次一看到亡妻手种之梅花树，睹物思人，伤心落泪。特别说到“心中如噎”（むせつつ），更见出伤痛深切。旅人离筑紫回京时在冬十二月，至家正是梅花开放之时；而本歌中一点也没有说到梅花的美，实是见之若未见，不顾于此了。

**我妹子(わいもこ)が植(う)えし梅(うめ)の木(き)見(み)るごとに心(こころ)むせつつ涙(なみだ)し流(なが)る**

（《万叶集》三・453）

209. **由此望，筑紫何往？白云起，**

**缭绕骀宕，山之那方。**

旅人升任大纳言而离筑紫赴京后，和筑紫友人、官员之赠歌。充满顾望怀愁的思念之情。但寄情于云、山，而不直言别愁。

**ここにありて筑紫(つくし)やいづく白雲(しろくも)の棚引(たなび)く山(やま)の方(かた)にしあるらし**

（《万叶集》四·574）

210. **尘世中，当能知悟，万事空。**

**哀切将深，日益悲痛。**

这是亲人死后，对问讯的回复之歌。神龟五年（726）旅人之妻病逝，其对问讯问候的答复。信一开头就说了：“祸故重叠，凶问累集，长崩心而悲怀，独断肠而泣下。”频频应对之中，写了这首歌，以为回复。“人世虚幻”，也是旅人首用于歌中，而有深深的悲叹。

**世(よ)の中(なか)は空(むな)しきものと知(し)る時(とき)しいよよますま**
**す悲(かな)しかりけり**

（《万叶集》五・793）

## 211. 我园中，梅花飘落。高天上，雪花轻盈，纷纷扬扬。

天平二年（730）正月十三日，作者在邸中宴集，筑紫的官员共作《咏梅花歌三十二首》，此旅人之作为第八首。庭梅飘散，犹如远空雪花纷纷。当然，一月梅花就落，很可能这样的情景仅出于想象，而非实景。因其序中有言：“汉诗有落梅之篇”，故很可能是因诗而仿作为歌。中国诗如卢照邻《梅花落》“雪处疑花满，花边似回雪”等，与此歌意象、结构很相似。

**我(わ)が園(その)に梅(うめ)の花散(はなち)るひさかたの天(あめ)より雪(ゆき)の流(なが)**

**れ来(く)るかも**

（《万叶集》五・822）

212. **松浦川，钓鲇女郎，湿裙裳。**

**姿容照水，辉映生光。**

十一首连作之歌，有序：余等游松浦川遇钓鲇之数少女美甚，温语挑搭，相约百年之好，惜乎日暮而别云云，此其第三首。序文颇受《游仙窟》的影响，或说为山上忆良作。此歌的精彩处在“川濑光彩”句，是说少女等的容颜光彩（“光仪”——序文语），映照川水。

**松浦川(まつらがわ)川(かわ)の瀬(せ)光(ひか)り鮎(あゆ)釣(つ)ると立(た)たせる妹(いも)が裳(も)の裾(すそ)濡(ぬ)れぬ**

（《万叶集》五・855）

213. **总自视，丈夫堂堂。临别时，**

**水池堤上，泪亦潸然。**

旅人回京时，多人相送，中有一游女（以色艺事人之女子）名儿岛者，以歌二首赠别，言其忍泪挥袖之感受。旅人回赠二首，此其二。其一是：

大和道，吉备儿岛，路过时。定会想念，筑紫儿岛。（《万叶集》六·967）

吉备儿岛为吉备之地名。以和人名相同的地名引动思念来表达心意。

本首中，明言似无丈夫气概，实际上也表现出要以丈夫气概，消减别愁感伤的意味。

**ますらをと思(おも)へる吾(われ)や水茎(みずくき)の水城(みずき)のうへに涕(なみだ)拭(のご)はむ**

（《万叶集》六·968）

214. **细雪飞，飘飘洒洒，想奈良。**

**都中也应，雪花飞扬。**

题词为：冬日见雪而忆京之歌。此为在大宰府任中所作。客居异地，面对雪景，怀想京城，也是牵起乡情。

**沫雪(あわゆき)のほどろほどろに降(ふ)りしけば奈良(なら)の 都(みやこ)**
**し思(おも)ほゆるかも**

（《万叶集》八・1639）

## 大贰纪卿 （大貳紀卿 だいにのききやう）

天武十一年至天平十年（682—738），麻吕之子。神龟年间，为大宰大贰。天平二年（730）参与大宰帅大伴旅人宅之梅花宴。《怀风藻》中有其诗三首，《万叶集》中有其梅花歌一首。

215. **正月里，置洒迎梅，春来到。**

**如此宴集，欢极兴高。**

天平二年（730），大宰帅大伴旅人在宅邸举办梅花之宴时，主宾咏有《梅花歌三十二首》，此为其第一首。后来大伴家持有歌和道：“春之中，乐趣无穷，梅花红。折花宴客，有此赏咏。”（《万叶集》十九·4174）有《琴歌谱》中的歌与此歌相似：“新年到，千岁莫终，吉庆长。欢乐绵延，迢迢未央。”参与宴集的歌作，常以流行的歌谣为母本，临机而有所改作。

**正月立ち春の来たらばかくしこそ梅を招きつつ楽しき終へめ**

（《万叶集》五・815）

## 大伴坂上郎女（大伴坂上郎女 おおとものさかのうえのいらつめ）

生卒年未详。安麻吕之女，大伴旅人的异母妹。先是为穗积皇子所爱，皇子卒后，嫁给藤原麻吕。后为异母兄宿奈麻吕妻，生女坂上大娘（后来家持之妻）。作为女性重要歌人，《万叶集》中有其八十四首歌。为女歌人之最多者。

216. **千鸟鸣，佐保川濑，微波起。**

**波涌不息，我之爱意。**

题词为："大伴坂上郎女唱和之歌四首"之第二首。与京职大夫藤原麻吕的赠歌亦可见：郎女在穗积皇子逝去后，受麻吕之婚聘，名字中也加上了麻吕之居住地"坂上"。这首爱的赠答歌作成，时当在麻吕任京职大夫期间（721—729）。"千鸟"为佐保川的代表性景物；前三句为一个比喻性的修饰，以突出四、五句。主语、主词就是第五句。

千鳥鳴(ちどりな)く佐保(さほ)の川瀬(かわせ)のさざれ波(なみ)やむ時(とき)もなし
我(わ)が恋(こ)ふらくは

（《万叶集》四・526）

217. **说“来的！”竟也不来；况你说：**
**“不来了吧！”空等寂寞！**

前面“四首”的第三首。以“来”为主体，反复于“来”和“不来”、肯定和否定交织，在技巧性和游戏性中可窥见郎女的才气和超然。深知男女间的机微，也谙悉其中可能含有的欺骗手法的郎女，已感到了爱的关系似乎在被破坏之中。

来(こ)むと言(い)ふも来(こ)ぬ時(とき)あるを来(こ)じと言(い)ふを来(こ)む
とは待(ま)たじ来(こ)じと言(い)ふものを

（《万叶集》四・527）

## 218. 佐保风，我之爱侄，衣衫薄。

## 他到家前，莫再吹嗥！

题词中说道：侄儿家持从佐保本邸回往西宅时郎女给他之歌。时在天平五年（733），家持十六岁；其父旅人逝后，作为叔母的郎女对其加以关爱是必要的，但歌中也飘溢着些许情爱的意味。歌之音调柔和，意味亲切，体现出郎女的歌风新貌。

**我(わ)が背子(せこ)が着(け)る衣(きぬ)薄(うす)し佐保風(さほかぜ)はいたくな吹(ふ)き**
**そ家(いえ)に至(いた)るまで**

（《万叶集》六・979）

## 219. 猎高月，高圆山高，普照迟。

## 山高月小，且稍待之。

题词为“郎女之月歌三首”之第一首。此前有安倍虫麻吕等五人的月之歌，应是宴集歌作，郎女和之。其人歌中说到了“月出迟”，郎女应之以“山高”—

—正好也合于两地名中都有“高”字。形成了有趣而巧妙的意味建构。

**狩高(かりたか)の高円山(たかまるやま)を高(たか)みかも出(で)で来(く)る月(つき)の遅(おそ)く照(て)るらむ**

（《万叶集》六·981）

220. **我的爱，我恋情深，君话多。**

**君言挚爱，以言慰我。**

此为在骏河麻吕歌三首后，郎女续作六首之第一首。非是唱和，而是赠答。上二句突出“我之恋”强烈、深切；后三句转而表达对对方的恋情真切否的怀疑。

**我(われ)のみそ君(きみ)には恋(こ)ふる我(わ)が背子(せこ)が恋(こ)ふと言(い)ふことは言(こと)のなぐさそ**

（《万叶集》四·656）

221. **情痴痴，恋恋堆成，相逢时。**

**倾诉相思，长忆相知。**

上面“六首歌”的第六首。表现的是处身于爱之中的女性，珍惜、守护幸福时刻的情爱体验。漫长焦灼等待后得以相会之夜，不求甜言蜜语，而求真情之表达，追求的是永久爱情的愿景。作为赠答歌，意在言外，余情飘溢。也表现出六首歌作的情景变化，意味推移，有一定的故事性。

**恋(こ)ひ恋(こ)ひて逢(あ)へる時(とき)だに 愛(うつく)しき言(こと)尽(つ)くしてよ**
**長(なが)くと思(も)はば**

（《万叶集》四・661）

222. **青山遮，白云横绕。对我笑，**

**笑颜深意，莫让人晓！**

“郎女歌七首”（第683-689首）的一首。无题词、赠答作者、相关背景不明。可推知是某种隐密的恋情的呈现：人所不知的亲密；告诫对方谨慎，别把对自己的微笑深情，让外人知道。“青山”“白云横绕”是一个比喻性的“序词”，带起全歌的主体。

**青山(あおやま)を横(よこ)ぎる雲(くも)のいちしろく我(われ)と笑(え)まして人(ひと)に知(し)らゆな**

（《万叶集》四・688）

## 山部赤人 （山部赤人 やまべのあかひと）

生卒年未详。作为宫廷歌人，为圣武天皇供奉，随同行幸。较明确的歌作年代为神龟元年至天平八年（724—736）之间。特以写景歌为优秀。《万叶集》中有其歌四十九首，他也是三十六歌仙之一。

**223. 田子浦，匆匆出望：富士山，**

**高岭雪降，素裹银装。**

长歌《望富士山歌》之反歌。描绘富士山雄姿，为古来有名的歌作。“出看”，是从视野狭窄处匆匆而出眺望之，瞬间境界开扩，襟怀开张；写山上之雪，用了“雪白”（纯白）（ま白），给人以眼前一亮的感觉。

**田子(たご)の浦(う)ゆうち出(い)でて見(み)ればま白(しろ)にそ富士(ふじ)の高嶺(たかね)に雪(ゆき)は降(ふ)りける**

（《万叶集》三・318）

224. **明日香，河雾萦绕，河雾消。**

**恋古慕昔，思心迢遥。**

长歌（324）登明日香神靡山，遥望旧都明日乡，述怀古之情之反歌。此山为神岳、为雷岳。看古都之春秋风光、朝夕景色，怀想天武、持统朝盛时的情景。歌之上三句，以雾萦水湾喻说对古都的深深的恋慕；在末句才突出自己难以离去的眷恋伫立的身影。明日香河水湾上雾气萦绕，总算消散了；难以消散的是我对明日香的深切的思慕。

あすかがわかわよどさ　た　きり　おも　す　こい

**明日香川川淀去らず立つ霧の思ひ過ぐべき恋にあらなくに**

（《万叶集》三・325）

225. **武库浦，小舟绕行，步履平。**

**侧过粟岛，爱此舟轻。**

山部赤人歌六首之一。“武库浦”，在武库川河口之西，现今的神户一带。“粟之小岛”，也就在此处；只是现今已难明指其所指，大约当在淡路岛的北端。此六首，都有关于水上行船之乐趣。本首亦是。

**武庫(むこ)の浦(うら)を榜(こ)ぎ回(た)む小舟(おぶね)粟島(あわしま)を背向(そがひ)に見(み)つつ**

**ともしき小舟(おぶね)**

（《万叶集》三 • 358）

226. **庭宇颓，围池古堤，年深寂。**

**渚上水草，亦自凄凄。**

昔日庭园古池堤，主人逝后已经年，池边水草自青青。

题词：咏故太政大臣家山池一首。其为赤人曾常出入之所，此首为回想之作。此庭园的园池、山树构建宏大，后为草壁皇子之岛宫。柿本人麻吕曾有歌伤悼之（见前 143 歌）。以静谧之景，寄哀伤之情，赤人从人麻吕处亦有习得。

古(いにしえ)の古(ふる)き堤(つつみ)は年深(としふか)み池(いけ)のなぎさに水草生(みくさお)ひにけり

（《万叶集》三・378）

227. **我亲见、欲告人知：胜鹿的，**

**真间手儿，墓丘在这！**

赤人于旅途中，访胜鹿（下总国葛饰郡）真间（千叶县市川市）的女子手儿名的墓，作长歌一首反歌二首。后来的高桥虫麻吕曾作有同主题之歌，且以主人公的悲剧为重点。赤人并未言及此女子的悲惨死去；已被桧木叶和松根覆盖的墓丘亦难以确定，但此点也深深压抑、刺痛着他的心。他未多做叙事，但对眼前景致，传承而来的哀切，加以咏叹。（参见下出歌254）

我(われ)も見(み)つ人(ひと)にも告(つ)げむ勝鹿(かつしか)の真間(まま)の手児名(てごな)が奥(おく)つ城処(きところ)

（《万叶集》三・432）

**228. 海岛荒，岩岸紫菜，可收藏。**

**潮满不见，让人怀想。**

神龟元年（724）冬十月，圣武天皇行幸纪伊国时，从驾的山部赤人所歌。“冲之岛”，即海上之岛的意思，这里指玉津岛。“思念”往往是对恋人，对亲人、朋友而言的情感，本歌中却赋予了“海藻”（或即是可食用的紫菜），体现出淡泊、清新的情趣。作为“宫廷歌人”，却随心地吐露自己个人的情感喜好，不拘于对“圣世”的反映，这是可贵的。

おき　しまありそ　たまもしおひみ　かく　おも

**奥つ島荒磯の玉藻潮干満ちい隠れゆかば思ほえむかも**

（《万叶集》六・918）

**229. 若浦滩，涨潮之时，水平岸。**

**芦苇生处，鸣鹤高翔。**

赤人于神龟元年（724）随同即位不久的圣武天

皇行幸纪伊国玉津岛顿宫（在和歌山市的南部）。其时作《从驾歌》（长歌917，反歌918、919）揣合天皇的好尚，赞颂离宫的靠海处之玉津岛的简远静穆的风光之美，以成贺歌之作。此为反歌的第二首，注目涨潮后，滩岸上的鹤群高飞鸣叫的动态情景。高市黑人有类似的歌为："向樱田，年鱼市滩，鸣鹤翔。落潮之时，鸣鹤高翔。"用同句反复，放大了鹤的形态、鸣叫。与这样的动态感相对，赤人笔下之鹤，身姿啼鸣，清简淡远；有白描淡彩之感。

**若（わか）の浦（うら）に潮満（しおみ）ち来（く）れば潟（かた）をなみ葦辺（あしへ）をさして鶴（たる）鳴（な）き渡（わた）る**

（《万叶集》六・919）

230. **吉野晨，象山山谷，树梢头。**

**百鸟声喧，竞舒娇喉。**

吉野象山山间，林木梢头，众鸟频叫，喧闹得很！

亦为上述从驾时所作歌。象山，在离宫向吉野川的南面，象小川之西。象山与三船山的山谷中，打破寂静的笼罩，树梢上的群鸟，鸣啭啼叫，在澄沏的曙光中，唱出吉野的赞歌。

**み吉野(よしの)の象山(きさやま)のまの木末(こぬれ)にはここだも騒(さわ)く鳥(とり)の声(こえ)かも**

（《万叶集》六・924）

## 231. 夜渐深，楸林繁茂，川原清。鸟儿低鸣，渐鸣渐静。

此为923长歌的反歌，咏离宫紧南面吉野川之夜色。与前一首（924）的曙光中的山谷不同，本首写的是夜深时的川原。夜分时的静寂，川濑水声与群鸟的断续啼鸣，融入浓黑的夜色。

ぬばたまの夜(よる)のふけゆけば久木(ひさぎ)生(お)ふる清(きよ)き
川原(かわはら)に千鳥(ちどり)しば鳴(な)く

（《万叶集》六・925）

232. **岛影边，吾舟避让。熊野船，**

**真可羡哟，大和方向。**

咏辛荷岛长歌的一首反歌。此岛是播磨国石津海上的一个岛。熊野船，取熊野良材制成之船；言其“可羡”，乃是因其行往大和；而大和是作者等诸多人的故乡。由此显出羁旅的孤寂心绪。怀念故乡，故亦羡爱驶向故乡的船。

島隠(しまがく)り吾(わ)が榜(こ)ぎ来(く)れば羨(とも)しかも大和(やまと)へのぼる
真熊野(まくまぬ)の船(ふね)

（《万叶集》六・944）

233. **一旦见，疾风吹来，浪涌起。**

**都多细江，泊岸暂避。**

反歌三首之三，续前歌。“都多之细江”：从姬路向西南，现在的津田、细江一带，船声川的河口处。当时也尽量靠近陆地行船，一遇大风，即便泊舟，故有咏此歌。丢开羁旅之苦的想法，归向宁静清淡的情调。视险若夷，景自生彩，心亦陶然。这就是山部赤人的情与景合。

**風吹(かぜふ)けば浪(なみ)か立(た)たむと伺候(さもらひ)に都多(つた)の細江(ほそえ)に**

**浦隠(うらがく)り居(お)り**

（《万叶集》六・945）

234. **着秽衣，须磨盐工，已习惯。**

**哪有一天，能把你忘?**

大约是在神龟三年（826）随同圣武天皇行幸播磨国印南野时所作长歌的反歌。须磨，在今神户市，该地烧盐人干活时所穿之衣本“污秽”，而日语“秽”与习惯的“惯”或“驯”同音，皆是“なれ”。本首歌借助此点，做成了这样的比兴——就像烧盐人穿惯了他们的工作服，我习惯了你，每天都想你。这里的“你”（歌中的“君きみ”），当与日本的语言习惯合，即是女言男。应是妻子说自己的丈夫。须磨熬盐人，穿惯作业衣。不念君之日，总是没有吧？

**須磨(すま)の海人(あま)の塩焼(しおや)き衣(きぬ)のなれなばか一日(ひとひ)も君(きみ)を忘(わす)れて思(お)はむ**

（《万叶集》六・947）

235. **春之野，紫花地丁，我来采。**

**念念难舍，夜宿花海。**

此首与下四首，题为《赤人歌四首》。此为春野游乐之歌。表达出对春的眷念，对春之原野的眷念。甚至要夜宿于春之原野才感如愿。实际包含着渴望男女游冶，同寝共宿的意味。

春(はる)の野(の)にすみれ摘(つ)みにと来(こ)し我(われ)そ野(の)をなつか
しみ一夜寝(ひとよね)にける

（《万叶集》八・1424）

236. **山樱花，浪漫开放，已数天。**

**恋此盛樱，我情绵绵。**

与前歌一样，表现出对盛开的山野鲜花的强烈的爱恋。原歌三、四句用了假定的句式：“能盛开！”实际是针对樱花花期短暂的婉惜感的表达，但感受的焦点仍是在正在盛开的樱花，并深爱着她。

あしひきの山桜花日並(やまさくらはなひなら)べてかく咲(さ)きたらばい
と恋(こ)ひめやも

（《万叶集》八・1425）

237. **梅之意，欲君赏花！可无奈，**

**白雪纷扬，难见梅花！**

感叹春雪与梅花相映相合的景况。甚至有赏析者认为，这里的梅花是白梅！与雪花更是融浑一体。因用了“我的爱”“我的兄长（弟弟）”（背子）之词，认为是男女唱和之作。

**我(わ)が背子(せこ)に見(み)せむと思(おも)ひし梅(うめ)の花(はな)それとも見(み)えず雪(ゆき)の降(ふ)れれば**

（《万叶集》八・1426）

238. **明日起，去摘春菜，标示插。**

**昨日今天，春野雪大！**

感叹降雪的影响，与前一首相通；与第一首“春野”也有呼应。最终表达了一种遗憾的心情。然而，不管如何，雪给人带来了乐趣、宽松的心态。比如：明日、昨日、今日，这样简单的叠加，有如一种轻松的游戏。赤人之歌，并不刻意营构诗意，而是自然流露，让人体味到诗情。

あした　　　はるなつ　　　しめ　　の　きのう
明日よりは春菜摘まむと標めし野に昨日も
きょう　ゆき　ふ
今日も雪は降りつつ

（《万叶集》八・1427）

239. **百济野，枯萩枝上，久待春。**

**娇莺恰恰，初展啼声。**

百济野，在今奈良县北葛城郡广陵町一带原野。萩，即胡枝子。歌作对春之将临的原野做了感受细微的描写：黄莺的情景——从静待于枯枝，到开始鸣叫。

くだらの　はぎ　ふるえ　はるま　　お
百済野の萩の古枝に春待つと居りしうぐひす
な
鳴きにけむかも

（《万叶集》八・1431）

240. **翩翩然，越山跨谷，略栖处。**

**丘陵高低，莺声如诉。**

题词为：“山部赤人咏春莺歌一首。”题注为：“其年、月、地皆不详，其为闻莺鸣之声而偶记之耳。”原文的“野づかさ”为郊野、原野的略高炎处、丘陵高处之意；“あしひきの”为加于山、岭 等前之枕词，写为“足引きの”，其实意不明，或有绵长之意。歌中所咏，是闻莺声而联想其景况；在家中而迎声浮想：莺之翻山过谷，稍息于丘陵间，而啼鸣幽婉。

**あしひきの山谷越えて野づかさに今は鳴くら**
**む鶯のこえ**

（《万叶集》十七・3915）

## 小野老 （小野老 おののおゆ）

生年未详，卒于天平九年（737）。天平元年（729）前后，作为大宰少贰，为大伴旅人的属下，于梅花宴、香椎庙祭的参与时，皆有咏歌。后来升任大贰，从四位下。《万叶集》中，有其歌三首。

241. **典雅之，奈良都城，如花放。**

**芬芳光照，今朝盛况。**

作者为大宰府之次官，故有此赞颂朝廷之作。“薰”在日语的本意，是说色彩、光泽之美，后来才有了说气味之芳香的意思。故歌中虽以花为喻，但不仅限于芳香，更有典雅、堂皇的深意。作者的本意，当然不仅是都市，更在于对君王、朝廷的政治兴盛的肯定和歌颂。

あをによし奈良(なら)の都(みやこ)は咲(さ)く花(はな)の薫(にほ)ふがごとく今盛(いまさか)りなり

（《万叶集》三・328）

## 沙弥满誓 （沙彌滿誓 さみまんぜい）

生卒年未详。俗名笠朝臣麻吕，位为右大弁从四位上，于养老五年（721）为元明天皇病体康愈而祈愿出家。隔年，为筑紫观音寺之别当；与大宰府帅大伴旅人交游。《万叶集》有其歌作七首。

242. **以何喻，世之无常？朝发船，**

**船既出港，行踪杳然。**

作者俗名笠麻吕，因故出家后才法号满誓。其为美浓国守时两度被褒扬其地方行政的功绩。此歌当于为筑紫观音寺之别当（住持僧官之称号）时所作。言及无常感，这即便是《万叶集》时代，也是并非少见的话题；但就作者来说，这不但体现出他的思想观念，更是他的来自经历的实感。

世(よ)の中(なか)を何(なん)に喩(たと)へむ朝開(あさひら)き漕(こ)ぎ去(い)にし舟(ふね)の跡(あと)なきごとし

（《万叶集》三・351）

## 笠金村（笠金村 かさのかなむら）

生卒年未详，生平亦不详。作歌年代在灵龟元年至天平五年（715—733），作为很活跃的宫廷歌人，多有行幸从驾的歌作。有《笠金村歌集》，从中有14首录入《万叶集》；此集中有其歌44首。与同时代的旅人、忆良之追求新风不同，金村比较恪守传统。

243. **胡枝子，高圆山野，开且落。**

**无人见处，流光已过。**

此歌作于灵龟二年（715）九月，志贵皇子薨时，长歌后之第二首短歌，于长歌悲情叙述之后，略抑悲伤，婉惜胡枝子花的开放与陨落的空虚无依。借以表达自己的心情。高圆山，在奈良市东南，是皇子生前游赏之地，也是其墓茔之所在。萩，胡枝子，直立灌木，秋花，红紫色。

高円(たかまと)の野辺(のべ)の秋萩(あきはぎ)いたづらに咲(さ)きか散(ち)るらむ

見(み)る人(ひと)なしに

（《万叶集》二・231）

244. **泊濑女，瀑流漂洗，木棉花。**

**吉野波扬，白花开放。**

《万叶集》卷六杂歌的卷头歌。为养老七年（723）五月随元正天皇行幸吉野时所作长歌的第三首反歌。长歌中，赞颂吉野宫的自然景色之美。此首中抒写对与吉野有关的风物的感触。木棉花：一种挂于杨桐树枝头的祭祀用的幣帛。所谓“花”，是美化它的比喻之语。泊濑女：在泊濑川的清流中漂洗楮树皮以制作木棉花的女子。整首歌展开的是一种形象联想：清流之波——木棉花。

泊瀬女(はつせめ)の造(つく)る木綿花(ゆふはな)み吉野(よしの)の滝(たき)の水沫(みなわ)に咲(さ)きにけらずや

（《万叶集》六・912）

245. **轻扬弓，武士满开，一箭中。**

**此情此景，后人传诵。**

《盐津山作歌二首》之一。近江与越前国边界处的山岭，有奉之为神的“一矢灵木”，可射之以祷旅途平安；“木”一般即杉树。原文的“益荒男”（ますらを），即指赳赳武夫式的人；此歌所关涉的行旅的目的未详，但有军旅的气息。

ますらをの弓末(ゆすえ)振(ふ)り起(お)こし射(い)つる矢(や)を後見(のちみ)む人(ひと)は語(がた)り継(つ)ぐがね

（《万叶集》三・364）

246. **盐津山，我过此地，马失蹄。**

**当是家人，盼我归去。**

续前一首之二。盐津山，琵琶湖北端，近于大和，是从日本海往其运盐的中继点。过了此处就是“畿外”，故人生旅愁。日本古代人认为：马失前蹄，是因家中的人在思念自己之故。

**塩津山(しおつやま)打ち越(こ)え行(い)けば我(わ)が乗(の)れる馬(うま)そつまづく家恋(いえこ)ふらしも**

（《万叶集》三・365）

247. **波上舟，如云遮岛，渺难寻。**

**今日之别，愁闷萦心。**

题词：天平五年（733）四月赠入唐使。长歌一反歌二之第二首反歌。此次遣唐使为丹治比真人广成，这是在送别宴上的咏作。临海相送，依依惜别。原文第四句，感叹词“あな”加上形容词“憋闷”叹息，以表现心情的沉重。

**波（なみ）の上（うえ）ゆ見（み）ゆる小島（こしま）の雲隠（くもがく）りあないきづかし相別（あいわか）れなば**

（《万叶集》八・1454）

## 圣武天皇 （聖武天皇 しょうむてんわう）

大宝元年至天平胜宝八年（701—756）。文武天皇之长子，母为藤原不比等之女宫子。第四十五代天皇。神龟元年（724）即位，在位二十五年。和其后光明皇后一起热衷于佛教，建构起天平文化。《万叶集》有其歌十一首。

248. **曙色露，雁之鸣叫，声寒彻。**

**野外浅茅，秋光瑟瑟。**

秋杂歌类，题词为：“天皇御制歌二首”之二，作于天平十年（738）八月，橘诸兄邸之歌宴。是为当时唱和之歌风的有代表性作品。秋气凛冽，于声音、色彩，皆可感知。

**今朝の朝明雁が音寒く聞きしなへ野辺の浅茅そ色付きにける**

（《万叶集》八·1540）

249. **橘果抟，绿叶素荣，满枝条。**

**凌霜傲雪，长青不凋。**

天平八年（736）十一月赐橘姓与葛城王、佐为王时御制歌。同时有敕言及："橘者，……柯凌霜雪而繁茂，叶经寒暑而不凋。"此歌既赞美橘，亦祝福橘氏的昌荣。屈原《橘颂》，有这样的句子："后皇嘉树"（天地所生的好树）；"圆果抟兮"（果实饱满丰腴）"绿叶素荣，纷其可喜兮"。此歌或间接有所本。

**橘(たちばな)は実(み)さへ花(はな)さへその葉(は)さへ枝(え)に霜降(しもふ)れどいや常葉(とこは)の木(き)**

（《万叶集》六・1009）

## 大伴四纲 （大伴四綱 おおとものよつな）

生卒年未详。天平二年（730）左右，在大宰帅大伴旅人属下，供职为防人司佑。旅人归京时有宴别咏歌。后为大和少掾，至十七年（745）雅乐助正六位上。《万叶集》中有其歌三首。

250. **藤起波，藤花盛时，满奈良。**

**京城风致，君不怀想？**

是大伴四纲的“在国中（筑紫）怀想京城”之作，本首是借“君”（指大伴旅人）之怀念京城而抒己之情。“藤波”既言藤花串，也言指藤蔓，皆是随风摆浪之态。

**藤波(ふじなみ)の花(はな)は盛(さか)りになりにけり奈良(なら)の都(みやこ)を思(おも)ほすや君(きみ)**

（《万叶集》三・330）

**251. 月夜美，川濑音清。或将行，**

**将留将归，游乐开心！**

大伴旅人升任大纳言返京之时，在筑前芦城送别宴上歌四首之四。别情依依，且尽欢于此会。良夜清川，或行，或留，或将归，皆当陶然于此时。

**月夜(つくや)ょし川(かわ)の音清(おときよ)しいざここに行(い)くも行(い)かぬも遊(あそ)びて行(い)かむ**

（《万叶集》四・571）

## 高桥虫麻吕 （高橋蟲麻呂 たかはしのむしまろ）

生卒年未详。传未详。养老年间，似仕于常陆守藤原宇合属下。咏浦岛子、菟原处女等传说的歌作颇多。据说参与了《常陆风土记》编集。包括《高桥虫麻吕歌集》的 31 首，《万叶集》共收其歌作三十三首。

252. **纵面对，千军万马。无须言，**

**勇毅之君，定胜凯旋。**

天平四年（732）藤原宇合被任命为西海道节度使，虫麻吕有送别长歌，此为其反歌。歌中取赳赳武士征战之情景，以表对此君的期待和祝愿。

**千万（ちょろづ）の軍（いくさ）なりとも言挙（ことあ）げせず取（と）りて来（き）ぬべき士（おのこ）とそ思（も）ふ**

（《万叶集》六・972）

（以下三首，标为出自《高桥虫麻吕歌集》）

**253. 能长生，已住仙乡。钝刀剑，**

**跑回家中，浦岛笨蛋！**

日本有浦岛的传说：浦岛子与海神之女成婚，去往不老不死之乡。然因想念父母，回到故乡，最后死了；被人说“此君愚钝”。此为咏浦岛子之长歌的反歌。结合当时天平时期贵族的好尚作了部分的改变和发挥：向往长生不老、遇到神女，本是空想。歌中有反讽的口气，忧怀悲叹，是对当时的贵族宫人的仙界梦而发的；这其中很可能也针对有作者自己的心态。

**常世(とこよ)へに住(す)むべきものを剣太刀(つるぎたち)己(な)が 心(こころ) からおそやこの君(きみ)**

（《万叶集》九・1741）

254. **井台平，胜鹿真间，汲水女，**

**手儿名事，思之嗟吁。**

胜鹿之真间，在今千叶县市川市的真间。其地有少女名叫手儿名，其之传说是：她被数男子追求而为难、苦恼，为了不让他们争纷，少女含悲自尽。传言此女本生于贫家，而做富家女装扮，从而引起事端。作者关注此女选择自杀以平纷争的做法，并深为之感动。歌中的“踩平”，（立ち平し），井台被踩平，既表现出此女的长期勤劳，也表现出后人关注此事而热衷参访。

**勝鹿(かつしか)の真間(まま)の井(い)見(み)れば立(た)ち平(なら)し水汲(みずく)ましけむ**

**手児名(てごな)し思(おも)ほゆ**

（《万叶集》九・1808）

255. **每见到，苇屋菟原，少女墓。**

**悲声泣下，黯然而过。**

咏唱苇屋菟原少女传说的歌作（长歌一首，反歌二首）之反歌二。苇屋，在今兵库县芦屋市到神户市的东部。其传说类于前歌之真间少女，不过争与少女成婚者为二男子：千沼和菟原。又以其一人之名而冠于少女其人与其事上。作者同样对此女深怀同情与感动。此故事在后来的《大和物语》和谣曲《求冢》中，都得到表现。

**葦屋(あしのや)の菟原乙女(うなひおとめ)の奥(おく)つ城を行(ゆ)き来(く)と見(み)れば音(ね)のみし泣(な)かゆ**

（《万叶集》九・1810）

## 门部王（門部王 かどべのおおきみ）

生年未详，卒于天平十七年（745）。川内王之子，皇长子之孙。历任出云守、弹正尹等职。天平十一年（739），与兄高安王等同降为臣籍，被赐姓大原真人。是所谓“风流侍从”之一。《万叶集》有其歌五首。

256. **东市树，枝叶垂垂，多生机。**

**一久未见，眷恋深积。**

咏平城京东市的街道树之歌。据《延喜式》记载：“凡诸国站、路边植果树。”藤原京周边路是种橘树，其东市有大字杏之地名，推测此歌中说的果树当是杏树。原文中的“木垂”，应理解为：树木生长，其枝条垂垂有生机，也象征着恋心——眷念之情深沉之状。

**東(ひむがし)の市(いち)の植木(うえき)の木垂(こだ)るまで逢(あ)はず久(ひさ)しみうべ恋(こ)ひにけり**

（《万叶集》三・310）

## 安贵王 （安貴王 あきのおおきみ）

生卒年未详。春日王之子，志贵皇子之孙。妻为纪女郎，子是市原王。神龟元年（724）前后，因娶幡八上采女而触不敬之罪。天平十七年（745）仅为从五位上。与采女离别悲伤咏歌等，《万叶集》有其歌四首。

257. **伊势海，海波翻卷，涌白花。**

**包花赠妹，带回给她！**

题词：行幸伊国时作。时在养老二年（718）。以白花喻波之美，并进而希求这是真的花，能带回去给自己的妻子。既表现了对波浪之美的感受，更表现出对妻子的深切的爱情。

**伊勢(いせ)の海(うみ)の沖(おき)つ白波花(しろなみはな)にもが包(つつ)みて妹(いも)が家(いえ)づとにせむ**

（《万叶集》三・306）

258. **立秋后，才过数日。睡起时，**

**晨风寒气，腕臂已知。**

立春、立秋，是已采用移入的新历法；对历法上的季节变换与自己的实际感受相联系，在对照中表达出惊异。

**秋立(あきた)ちて幾日(いくか)もあらねばこの寝(ね)ぬる朝明(あさけ)の風(かぜ)は手本寒(たもとさむ)しも**

（《万叶集》八・1555）

## 丹比国人 （丹比國人 たじひのくにひと）

生卒年未详。历任大宰少贰、右大弁、摄津大夫等官职。天平宝字元年（757）以从四位下任远江守时，因橘奈良麻吕的叛乱罪受连坐，流放伊豆。有祝橘诸兄寿歌，筑波山歌等，《万叶集》有歌四首。

259. **明日香，川水环绕，山冈上。**

**今日雨降，秋萩凋散。**

题词为：故乡丰浦寺尼之私房宴，歌三首。此为第一首。丰浦寺在古京之地飞鸟；私房，僧尼居住的私室。歌中的冈，指飞鸟川对岸的雷丘，或寺附近的甘坚丘。歌作表现出对秋胡枝子的爱惜，更表现出对渐趋荒凉的古京的留恋。

**明日香川行き廻る岡の秋萩は今日降る雨に散りか過ぎなむ**

（《万叶集》八・1557）

## 日置长枝娘子（日置長枝娘子 へきのながえのおとめ）

生卒年未详，传未详。大伴家持有答此娘子之歌，故应是与家持有关系的一位女性。《万叶集》录其歌一首。

260. **寒秋到，白芒落露，露即干。**

**我生凋丧，思之凄伤。**

此为赠大伴家持之歌。歌之前半，是比兴式的序词，还是真切的眼前实景，联系大伴家持的答歌："我庭中，萩花未得，佳人看。秋风起处，落英飘散。"(《万叶集》八・1565) 可揣知是秋的季节印象的写照，并由此而进入到对人生的哀伤的观照。

**秋(あき)付けば尾花(おばな)が上(うえ)に置(お)く露(つゆ)の消(け)ぬべくも我(わ)は思(おも)ほゆるかも**

（《万叶集》八・1564）

## 汤原王（湯原王 ゆはらのおおきみ）

生卒年未详。志贵皇子之子。万叶后期的优秀歌人，有吉野之写景歌、与女子的赠答歌等；作于天平五年（733）前后。《万叶集》有其歌 19 首。

261. **吉野川，夏实湾上，鸭鸣唱。**

**凫声弄水，山影动荡。**

题词为：汤原王，于吉野作歌。歌中的“夏实”是现在的吉野的“菜摘”（二者读音皆“なつみ”）。《怀风藻》中有藤原不比等《游吉野》诗云：“夏实夏色古，秋津秋气新。”极赞其景色。此歌写夏实的风景，原文第四句写“鸭鸣”是听觉的感受。

**吉野（よしの）なる夏実（なつみ）の川（かわ）の川淀（かわよど）に鴨（かも）そ鳴（な）くなる山影（やまかげ）にして**

（《万叶集》三・375）

262. **胡枝子，红紫风中，缤纷飘。**

**呼牝鹿鸣，传响迢遥。**

秋天，胡枝子花落之时，雄鹿鸣呼其“妻”（牝鹿）之声幽微遥远。不见鹿之身影，唯见胡枝子红紫色花缤纷飘零。

**秋萩(あきはぎ)の散(ち)りのまがひに呼(よ)び立(た)てて鳴(な)くなる鹿(しか)の声(こえ)の遥(はる)けさ**

（《万叶集》八・1550）

263. **入夜时，白露中庭，人惆怅。**

**蟋蟀鸣叫，月光幽淡。**

秋之夕暮，心多感伤；暮色渐深，月牙幽光；露白草深，秋虫鸣叫。这里的“秋虫”，就是蟋蟀。其情景合于陆机之诗：“朗月照闲房，蟋蟀吟户庭。”考之史实，万叶时代，尚未有研读《文选》之风。难言借鉴，只是暗合而已。

夕月夜（ゆうつくよ）心（こころ）もしのに白露（しろつゆ）の置（お）くこの庭（にわ）にこおろぎ鳴（な）くも

（《万叶集》八・1552）

## 厚见王（厚見王 あつみのおおきみ）

生卒年等未详。天平胜宝元年（749）为从五位下，七年（755）为少纳言时，任伊势奉币使。天平宝字元年（757）为从四位上。《万叶集》收其歌三首。

264. **蛙声荡，神奈备川，棠棣发。**

**倒影水中，荡漾新葩。**

"神奈备"，当时人认为是神降临之所。《万叶集》中多有写明日香川蛙鸣的歌作。如："今日里，明日香川，夕暮时。蛙正鸣唱，川濑清扬。"（三·356）本首之特色，在于写了"山吹"（棠棣，又称为棣棠），花映照水中的情景。李商隐有诗写到棠棣花："棠棣黄花发，忘忧碧叶齐。"（《寄罗劭兴》）对其花势、花、叶之色，描绘生动。

かわず鳴(な)く神奈備川(かむなびかわ)に影見(かげみ)えて今(いま)か咲(さ)くらむ

山吹(やまぶき)の花(はな)

（《万叶集》八・1435）

## 笠女郎（笠女郎 かさのいらつめ）

生卒年及传皆未详。似与大伴家持关系较亲近，《万叶集》收其歌 29 首，皆为赠家持之歌，家持有给其答歌二首。

265. **并未有，高山大河，阻隔断。**

**从未曾想，恋如此难。**

题词为“赠家持歌二十四首”中的一首。如此多的赠歌，家持答歌仅二首；《万叶集》的其他三处，笠女郎还有三处有赠家持之歌，共达 29 首。此 24 首，每四首一组，共六组；每组约有三首是悲叹不能相见之苦。本歌即是此类作品。难以相见，实出乎意料，因之而愕然叹息。这样类似的歌作，到了中古（平安时代以后）是不少的；而在“万叶”歌中，体现了一个时代性的特征：人，特别是恋爱中的女性的单纯与真诚。

心ゆも我は思はずき山川も隔たらなくにかく恋ひむとは

（《万叶集》四·601）

266. **沉恋思，使人身死，魂西归。**

**如此我已，死过千回。**

赠家持歌之一，是第五组的第一首。与此歌相似的“万叶”之歌不少。如《万叶集》卷十一的2390（出于《柿本人麻吕歌集》）：“恋情深，使人身死。若如此，我已死过，百回千次。”这样的近似，日本并不视之为抄袭，而是称之为“类歌”或“本歌取”（据原歌的仿作），是不是有点像中国说的“拟作”。有日本研究者指出“下句”（四、五两句）于《游仙窟》中有见之。查之，合当应是：“能令公子百重生，巧使王孙千回死。”

おも　　し　　　　　　　　　　　　　ちたび　われ
思ひにし死にするものにあらませば千度そ我
し
は死にかへらまし

（《万叶集》四・603）

267. **别人皆，安卧入睡。定更钟，**

**促我思君，莫可成梦。**

此为第六组的第一首，也是寄物陈思的类歌。人皆睡静，是“人定”之“亥时”（见《日本书纪・天武纪》，约今之22时），有四响报时之敲钟声（《齐明纪》六年条，《天智纪》十年条）。本歌即写了自己闻钟而相思，长夜长醒的景况。

みんなひと　ね　　　かね　う　　　　きみ　　も
皆人を寝よとの鐘は打つなれど君をし思へ
ね
ば寝ねかてぬかも

（《万叶集》四・607）

**268. 单相思，求无情人。如寺中，**

**饿鬼像后，叩首咚咚。**

这是第六组的第二首。不是拜佛，而是拜饿鬼，对单相思极尽戏谑之能事。寺庙中的“饿鬼像”，是为了戒贪欲而作成，是瘦得皮包骨，忍受饥饿的样态。这里就是说一个无意义的对象，且是跟其身后而拜。表面的愚蠢滑稽，内在的悲哀彻骨。特别对彼时的恋情悲剧中的女性，更令人同情叹息。

**相思(あいおも)はぬ人(ひと)を思(おも)ふは大寺(おおてら)の餓鬼(がき)の後(しりへ)に額(ぬか)つくごとし**

（《万叶集》四・608）

## 橘诸兄（橘諸兄 たちばなのもろえ）

天武十二年至天平宝字元年（683—757）。美努王之子，母为县犬养三千代。初为葛城王，后降为臣籍，任大纳言、右大臣等职，终升至正一位。与大伴家持等交往亲密。《万叶集》收其歌八首。

269. **白雪降，须发已白，仕君王。**

**蒙恩忝贵，心诚发苍。**

题词为：左大臣橘宿祢奉召歌一首（其后还有四人的奉召歌各一首）。据序文：事在天平十八年（746）正月，天降雪，积雪数寸。左大臣率诸王、众臣在太上（元正）天皇宫中，扫雪奉仕，同受赐宴，并奉敕，各以雪为题作歌奏上（共有十八人作歌）。当时，橘诸兄 63 岁，从被称为葛城王，以从五位下的身份入仕以来已三十六年，入阁为辅弼也已十五年。白发者尚有多人。雪白，既是实景，又是对白发的比喻，并以其表明老大臣们恭勤的念愿、清白的人格。

降(ふ)る雪(ゆき)の白髪(しろかみ)までに大君(おおきみ)に仕(つか)へ奉(まつ)れば貴(たふと)くもあるか

（《万叶集》十七・3922）

## 大伴家持（大伴家持 おおとものやかもち）

养老二年至延历四年（718—785），旅人之长子，历任内舍人、越中守、兵部少辅、因幡守、左大弁兼东宫大夫等，卒于从三位中纳言之任。（卒后，因与藤原氏政争事，被指为刺杀长冈京新都督造藤原种继的首谋，被夺官、除名。翌年，方得取消罪名，恢复名誉。）编纂《万叶集》的中心人物，有歌 479 首收入集中。也是三十六歌仙之一。

270. **梦中逢，难分难舍，猛惊觉。**

**以手揽之，空空如也。**

家持赠其妻坂上大娘之恋歌。妻为其叔母坂上郎女之女，也是家持的初恋情人。相恋时，家持曾与数位其他女子交往，而与坂上大娘疏离，天平十一年（739）秋，二人的关系恢复，进而成婚。此歌是家持与坂上大娘恋情交往、相闻赠答之歌之一首。“惊觉揽之，忽然空手”等语，与《游仙窟》中之用语相合。时此唐传奇为日本人士所爱读。

夢の逢ひは苦しかりけり驚きて掻き探れども手にも触れねば

（《万集集》四・741）

271. 望夜空，新月修细，女子眉。

曾睹芳容，今得念回。

天平五年（733），家持十六岁时作，是现今可看到的他的最早的作品。原文中的“三日月”，指的就是月头初三之月。其叔母大伴坂上郎女亦曾有歌写到“初月”，并联想到女子的眉；此歌当是在歌人叔母的影响和指导下而完成的作品。

振り放けて三日月見れば一目見し人の眉引き思ほゆるかも

（《万叶集》六・994）

272. **阴雨久，郁闷满心。偶出看，**

**春日山上，红叶尽染。**

题为“秋之歌连作四首”之第三首。据其注，作于天平八年（736）九月。秋雨长降，情思萎顿。“阴郁”与久雨无晴关联。“出看”一语，有一种表现人的动作的舞台效果。家持生性敏锐，切当地写出了情景与心境的转换。

**雨隠り（あまごも）心（こころ）いぶせみ出（い）で見（み）れば春日（かすが）の山（やま）は色（いろ）づきにけり**

（《万叶集》八・1568）

273. **挺胸过，雄鹿碰落？晚秋萩，**

**花期已过？落英婆娑。**

是《秋之歌》为题的三首连作的第三首，作于天平十五年（743）八月。时圣武天皇将皇都迁在恭城京，其地为山间之狭窄盆地，周围是连绵山野。萩，即胡枝子直立灌木，花色红紫。歌注说：见景色而作。其秋景应是：秋野上胡枝子开放，秋露落，秋风起。“雄鹿挺胸过，碰落秋萩”，是家持独创的感受和写法。

**さ雄鹿(おしか)の胸別(むなわ)けにかも秋萩(あきはぎ)の散(ち)り過(す)ぎにける盛(さか)りかも去(い)ぬる**

（《万叶集》八・1599）

## 274. 橘花香，花色鲜亮，杜鹃唱。夜雨摧去，容姿尽换。

据题词：“天平十六年（744）四月五日独处，作于平城旧都之旧宅。”此年正月，圣武天皇之皇子安积亲王突逝，二月、三月，家持作挽歌悼之。因家持为内舍人，为天皇近侍，然三月圣武行幸紫香乐离宫，家持并未随行供奉。题词有“独处”之说，他是意识到自己与官员、舍人分开了。然其原因，不得而知。歌作的前、后两半，暗示出人事的一种突变。

**橘(たちばな)のにほへる香(か)かもほととぎす鳴(な)く夜(よ)の雨(あめ)にうつろひぬらむ**

（《万集集》十七・3916）

275. **玉匣合，二上山头，鸣春莺。**

**春音悠扬，春情荡漾。**

题记为：“依兴而作。”天平十九年（747）三月三十日，大伴家持“二上山长歌”一首之反歌。“二上山”，为越中射水郡伏木町西北一高耸之山峰。原文的“たまくしげ”可写为“玉匣”，枕词，本修饰“盖”（ふた）的，这里借以修饰“二上山”之“二”（ふた）。以春莺之鸣，感春情之生。

**たまくしげ二上山(ふたがみやま)に鳴(な)く鳥(とり)の声(こえ)の恋(こい)しき時(とき)は来(き)にけり**

（《万叶集》十七・3987）

**276.　海风疾，奈吴海边，渔人船。**

**隐入江口，避风躲浪。**

天平二十年（748）正月二十九日作。时家持为越中守的第二年。无题词，作歌的相关情况不明。奈吴，为海滨，为越中国府的高冈市伏木，在今新凑市。此为泊舟、入江口之处。末句说到的“隐藏”，是指波浪遮蔽、或避风于江口峡湾山丘后。

**あゆの風(かぜ)いたく吹(ふ)くらし奈呉(なご)の海人(あま)の釣(つ)りする小舟(おぶね)漕(こ)ぎ隠(かく)る見(み)ゆ**

（《万集集》十七・4017）

**277.　立山上，冰雪消融。延槻川，**

**浅濑水涨，马镫水漫。**

天平二十年（748）早春，家持作为国守，巡视所管诸郡。歌中咏叙途中或所至之处的风物。据题词，此是在新川郡涉过延槻川时的情景，此川之源为立山连峰之剑岳，春时山上雪化水注入川，川水上涨，浅濑处也及于马腹。歌中略显惊觉之感。“延槻川”，鱼津市南滑川市境内注入富川湾的一条河。

**立(た)ち山(やま)の雪(ゆき)し消(く)らしも延槻(はひつき)の川(かわ)の渡(わた)り瀬(せ)鐙(あぶみ)漬(つ)かすも**

（《万集集》十七・4024）

## 278. 庭中植，石竹一株。尊意度：此花开时，谁观最合！

题为：“咏庭中石竹花之歌。”时当前国师僧清见离越中返京时，家持置送别之宴，作歌祝酒。植石竹花于庭中，欲待盛开得你见之。这样表达惜别之意。且家持爱此花，曾于赠其妻坂上大娘歌中叙盼待石竹花开之意。此歌中也流现着对妻的爱意。

**一本(ひともと)のなでしこ植(う)えしその心(こころ)誰(だれ)に見(み)せむと**

思(おも)ひそめけむ

（《万集集》十八・4070）

279. **圣武朝，盛荣超迈。东之国，**

**陆奥山上，黄金花开。**

题词为："贺陆奥国采得金诏书。"时在天平感宝元年（749）五月十二日。长歌一首，反歌三首之三。因圣武天皇营造毗庐舍那大佛、东大寺大佛，全身贴金箔，而金子已空。幸于陆奥国小田郡山上，采挖出金矿。四月天皇行幸东大寺，拜谢神佛，发布诏命。家持作贺歌以呈进。

**天皇(すめろき)の御代(みよ)栄(さか)えむと東(あづま)なる陸奥山(みちのくやま)に金花(くかねはな)咲(さ)く**

（《万叶集》十八・4097）

280. **朝会上，未睹容仪，已很久。**

**身在鄙地，恋想君侯。**

作于天平感宝元年（749）。家持为越中守已四年。题词为：上京与贵人、美人会之宴上。此为日前之“予作歌”，所言为谁，作歌时仅出于想象。但言词亲和而敬重。则其身份地位应不凡。

**朝参(てうさむ)の君(きみ)が姿(すがた)を見(み)ず久(ひさ)に鄙(ひな)にし住(す)めば我(われ)恋(こ)ひにけり**

（《万叶集》十八·4121）

281. **春园中，香艳弥空，桃花红。**

**红光映路，美人延伫。**

天平胜宝二年（750）三月一日晚，“眺观春园桃李而作歌二首”之第一首。此首为咏桃花，次首为咏李花。原文一、三、五句皆以名词为句末：“春园”“桃花”“美人”，这在“万叶”短歌中是罕见的。红光辉映的路上行走伫立的女子，当是家持心中的幻影呈现。

**春(はる)の園(その)紅(くれない)にほふ桃(もも)の花(はな)下(した)照(で)る道(みち)に出(い)で立(た)つ娘子(おとめ)**

（《万叶集》十九・4139）

## 282. 我园中，李花开放？是雪降，飘洒庭院，流连枝上？

同前的第二首。李花如雪，似错觉；或飘洒，或停留，恍如动态的情景。《万叶集》中，写李花如雪，此为仅见。说白梅花开如雪的，其父旅人之歌有之（见前 211 歌：“我园中，梅花飘落。高天上，雪花轻盈，纷纷扬扬”）。写“桃”“李”，家持以之为题材，也体现出对中国诗文学习的结果。

**我(わ)が園(その)の李(すもも)の花(はな)か庭(にわ)に降(ふ)るはだれのいまだ残(のこ)りたるかも**

（《万叶集》十九・4140）

283. **夜深时，无由伤春，闻鸣鹬。**

**谁家田曲？远音振羽！**

就在前面“桃李之花”歌咏作的当夜（三月一日夜），家持咏作了这首歌。题词为：“见翻飞之鹬而作歌一首。”初一，应无月，是于星光下见鸟，还是家持以心之眼见此鸟？应是后者吧！不仅有心眼之视，也有心耳之听，因不仅听见其鸣，还听见远远传来的其幽微的振翅之音。这就是陆机《文赋》中所说的“收视反听”——内视内听的结果吧！还有所思所想：此鸟宿于谁家之田边？它寄托着家持悲哀、不安的内心感怀。

**春(はる)まけてもの悲(がな)しきにさ夜(よ)ふけて羽振(はぶ)き鳴(な)く**

しぎた　た　す
鴫誰が田にか住む

（《万叶集》十九・4141）

284. **钗裙乱，女郎来往，寺井旁。**

**汲水正忙，片栗花香。**

题词为：“折取坚香子草之花歌一首。”原文的“もののふの八十”是一个枕词修饰的词组，本是形容朝廷百官众多，这里说的是汲水的“女郎们”多，还用了“纷纷”来形容之。作者最终注目于静静开放的“坚香子花”（中文“片栗花”）。

やそおとめ　く　てらい　うえ
もののふの八十娘子らが汲みまがふ寺井の上の堅香子の花
かたかご　はな

（《万叶集》十九・4143）

285. **春睡晓，遥闻号子，射水河。**

**逆水上溯，船夫哀歌。**

作于天平胜宝二年（750）三月三日早晨。流经其住所不远处的射水川（今之小矢部川）上逆水行舟的船夫们的哀沉的号子歌声，传入家持的耳际。同样在他的内心里，也有着淡淡的哀愁感。

**朝床(あさとこ)に聞(き)けば遥(はる)けし射水川(いみずかわ)朝漕(あさこ)ぎしつつ歌(うた)ふ舟人(ふなびと)**

（《万叶集》十九・4150）

286. **藤花影，湖波微涟，荡漾间。**

**湖底石现，玉水一片。**

题词："十二日，游布势湖，船泊于多祜湾，望见藤花影布，各述怀抱，作歌四首。"（时在天平胜宝五年[753]四月）布势湖（即今富山县冰见市之湖），家持等常游于此。水清彻，藤花之影摇漾于其上，湖底之石，形见于其下。“玉”，是对所见形影之美的咏叹。

**藤波(ふじなみ)の影(かげ)なす海(うみ)の底清(そこきよ)み沈(しず)く石(いし)をも玉(たま)とそ我(わ)が見(み)る**

（《万叶集》十九·4199）

287. **春之野，霞光叆叇，染悲怀。**

**夕照阴影，黄莺声哀。**

天平胜宝五年（753）二月作，题词为：“二十三日，依兴而作歌二首。”并非直写所见所闻而是咏唱映照到作者心中的心象世界。这里说的“心象世界”，是比中国传统诗歌所说的“意象”“意境”，有着更多的情感色彩、较少的志意和理性把握的内心感受。此歌的中心是“悲心”（うら悲し），乃是难以言说理由和原因，从内心深处涌出的悲哀。家持并非面对霞光辉映、听黄莺鸣啼，而悲从中来；而是把自己的悲哀之感，赋予了这样的春景。此首与下两首，合称为“春愁三首”，是家持的最高杰作。

春(はる)の野(の)に 霞(かすみ) たなびきうら悲(かな)しこの夕影(ゆうかげ)にう
ぐひす鳴(な)くも

（《万叶集》十九・4290）

288. **我园中，小竹萧疏，风渐消。**

**夕照轻摇，悲音幽渺。**

前歌题词下之第二首。此歌中用了“些微”（いささ）、“幽微”（かそけき），来形容竹子和风声，着意体现出在“悲心”状态下，感受的独特和敏锐。

我(わ)がやどのいささ群竹(むらたけ)吹(ふ)く風(かぜ)の音(おと)のかそけき
この 夕(ゆうへ) かも

（《万叶集》十九・4291）

289. **晴光照，云雀飞鸣，春空高。**

**独处忧思，悲心摇摇。**

前三句，写出春光明丽、悠远之美；后二句反转为悲怀与孤独，深化了个人的情思的凄伤之感。译文中用了“摇摇”，以状其悲忧恍惚之态（《诗·王风·黍离》“行迈靡靡，中心摇摇”）。歌有题词：“二十五日作歌一首。”有自注：“春日迟迟，鸧鹒啼鸣。凄惆之意，非歌无以排遣。故作此歌，以展心绪。” 可以看出与中国“感怀”“感兴”诗论的关系；并不仅于这一首，也是家持此后的歌作的一个基点。

**うらうらに照(て)れる春日(はるひ)にひばり上(あ)がり心悲(こころかな)しもひとりし思(も)へば**

（《万叶集》十九·4292）

290. **剑气贯，磨砺生光。自古传，**

**清纯忠良，大伴名扬。**

题词为：宣谕族人之歌。有长歌一反歌二，此是反歌之二。天平胜八八年（756），同族的大伴古慈斐遭“诽谤朝廷”之谗言而被捕，三日后蒙敕被免职。大伴氏中多有持不满者；为告诫、防止族人的轻举异动，家持以此题作歌。长歌说从自古以来，大伴家族忠诚于历代天皇，其族名不可磨灭。此歌中再形象、精要地述说之。上二句以为天皇建功、尽忠的剑的磨砺说起，下三句进一步夸耀家族的盛名。

**剣太刀（つるぎたち）いよよ研（と）ぐべし　古（いにしえ）ゆさやけく負（お）ひて来（き）にしその名（な）そ**

（《万叶集》二十・4467）

291. **正月初，宴赐玉帚。试持扫，**

**锵锵音响，荡荡玉绦。**

题词为：天平宝字二年（758）正月三日之丙子日，召王臣、侍从于内东屋伺候，赐宴及玉帚，敕命各作歌、诗以进。玉帚，是以蓍草做的有玉饰绦带的小扫帚（用于扫蚕卵纸）和象征性的辛锄一起，表示奖掖农桑之意。

**初春(はつはる)の初子(はつね)の今日(きょう)の玉箒(たまばはき)手(て)に取(と)るからにゆらく玉(たま)の緒(お)**

（《万叶集》二十・4493）

292. **云雀高，春晴景明，淑气绕。**

**都城莫见，霞光笼罩。**

题词为：“三月三日，检校防人敕使并兵部使等同集饮宴作歌三首。”其二、三首为家持作，此是其二。其一为敕使安倍沙美麻吕作歌：

晨光照，高飞入云，云雀叫。去往京城，回来尚早。（二十・4433）

家持的下一首歌作（其三）：

花含苞，我才来到。至少待，花落之后，还都才好。（二十・4435）

这两首都说到了回京城的事，本首也一样，表现出对京城的歌颂和向往。

**雲雀(ひばり)あがる春(はる)べとさやになりぬれば 都(みやこ) も見(み)えず 霞(かすみ) たなびく**

（《万叶集》二十·4434）

**293. 现世身，余年几何？山与河，清净长垂，心静道和。**

题词为：“卧病悲无常欲修道作歌二首。”此是其一。厌离今世之浊世，寻求来生之清净。这本是佛教宣扬之理义。家持以山川之清远为重要意象，表现出一种形象化的诗意解读。“寻道”（追求佛理），有了一种超出佛义的清明风景的呈现。在“卧病”“无常”之悲中，也有一点清旷的情趣。

**現身(うつつみ)は数(かず)なき身(み)なり山河(やまがわ)の清(さや)けき見(み)つつ道(みち)を尋(たず)ねな**

（《万叶集》二十·4468）

## 294. 鸭青灰，青灰之马，祈阳气。今日见之，延寿庆喜。

据题注：正月七日白马节会侍宴所作歌。歌作中写作“青马”，实际此节所言之马，为非白非青的青灰马。因正月、七日、马，都是祈阳之作所涉。青为春之色（白乃秋之色）。日本传统上会把“青马”写作“白马”（是一种习惯），即在阳春阳月阳日里，阳之色、阳之马、阳之数会之，而祈触阳气，驱邪去阴。

**水鳥(みずとり)の鴨(かも)の羽(は)の色(いろ)の青馬(あおうま)を今日(けふ)見(み)る人(ひと)は限(かぎ)り無(な)しといふ**

（《万叶集》二十·4494）

295. **池水清，清可照影。马醉木，**

**捋入袖中，香自盈盈。**

题词为：“属目山斋作歌三首。”“属目”即瞩目、寓目之意。“山斋”，日本即指庭园。歌中的“马醉木”，为山野间的常绿灌木，春时开白色小花，淡淡清香。其花虽非妖艳，而实显春之生意。藏之袖中，以示珍爱。

**池水(いけみず)に影(かげ)さへ見(み)えて咲(さ)きにほふ馬酔木(あしび)の花(はな)を袖(そで)に扱(こき)入れな**

（《万叶集》二十·4512）

296. **新年到，初春瑞雪，今日降。**

**连绵久长，事事吉祥。**

题词为：天平宝字三年（759）正月一日，在因幡之国厅，国司、郡司之宴会上作歌。在迎新年的仪式上，表示出瑞雪兆丰年的祝愿。歌中连续使用“の”音，表现吉庆日、月的延伸绵长。这也是《万叶集》的最末一首歌，表示出终卷的祝福圆满的心愿。这一年大伴家持 42 岁（推定），此后到延历四年（785）他逝去，这 26 年，他的歌作没有留下来。

**新(あたら)しき年(とし)の初(はじ)めの初春(はつはる)の今日(きょう)降(ふ)る雪(ゆき)のいやしけ吉事(よごと)**

（《万叶集》二十・4516）

297. **（佐保川，堰水为田，种稻忙。）**

**初稻炊饭，一人可享。**

题词为：某尼作上句，并请家持续下句，以成歌。

此首前，有两首赠某尼之歌，说到“采萩”“植田”，以喻某年轻女子之所为；此首进而咏唱、暗示出该女子当和某一不确定的男子结婚。虽地当大伴氏之邸宅之所在，但此尼与家持的关系并不清楚，难以明解其意。

**（佐保川(さほがわ)の水(みず)を堰(せ)き上(あ)げて植(う)えし田(た)を）刈(か)れる**

**初飯(はついひ)はひとりなるべし**

（《万叶集》八・1635）

298. **鹊桥上，白霜铺满，入冬寒。**

**抬头仰望，长夜未央。**

七夕之夜，鹊聚而合翼，成拆于天河，以使牛郎、织女过桥相会。这一中国传说被引入日本，写进歌中。只是本来七月七日之事，被放入了《新古今和歌集》的“冬”之部，且此歌中写到“霜降于桥”“白霜”，是想说到冬天桥犹在，还是想说夜深仰观空中之桥，感到如冬的寒霜之气。莫可深究。

かささぎのわたせる橋に置く霜のしろきを見れば夜ぞふけにける

（《新古今和歌集》・冬・620）

## 高田女王（高田女王 たかたのおおきみ）

生卒年未详。高安王之女，长皇子之曾孙女。有赠今城王歌等，《万叶集》收其歌七首。

299. **似想到，与兄别后，难再见。**

**今日之别，如熬如煎。**

题词为：高田女王赠今城王歌六首。（今城王，皇子，降为臣籍，赐姓大原真人，初为从五位下，后坐藤原仲麻吕乱，被除名。后得复，曾为骏河守。）此为第四首。其上、下两首为：

兄欲得，随心如愿。纵流言，烦如炽焰，应出相见。（《万叶集》四·539）

此世上，人言汹汹。我与兄，今生不成，来世再逢。（《万叶集》四·541）

可见：在爱情追求上，作者是积极超越障碍者；被赠歌者是躲避逃跑者。但她深感：一旦离别，恐难再遇。表现出激越真诚的情感。

我(わ)が背子(せこ)にまたは逢(あ)はじかと思(おも)へばか今朝(けさ)の
別(わか)れのすべなかりつる

（《万叶集》四・540）

## 纪女郎 （紀女郎 きのいらつめ）

生卒年未详。纪鹿人之女，名小鹿。安贵王之妻，养老末年安贵王失势后，与大伴家持亲近交往。有与家持的赠答歌、怨恨歌等。《万叶集》有其歌十二首。

300. **痛背川，我一女子，能渡之。**

**大丈夫你，勿须淹迟！**

题词是：“纪女郎怨恨歌三首”之第一首。痛背川，即今奈良县樱井市东北部的卷向川，此川在穴师附近就称为痛背川。日语“痛背”与“啊（丈）夫”发音相同（あなせ）。歌中对男方似有怨恨之情，所指倒底是安贵王，还是大伴家持，并不清楚。歌中略抑激情，表达自己的思绪。

**世(よ)の中(なか)の女(おみな)にしあらば我(わ)が渡(わた)る痛背(あなせ)の川(かわ)を**

**渡(わた)りかねめや**

（《万叶集》四・643）

## 市原王 （市原王 いちはらのおおきみ）

生卒年未详。安贵王之子，历任备中守、玄蕃头等职，为正五品下治部大辅。天平宝字七年（763），出任造东大寺长官，又长年任职于写经司，后任其长官。有为父王祝寿歌、悲独子歌等，《万叶集》收其歌八首。

301. **头顶上，绾住发髻，珠一颗。**

**髻中明珠，与君意合。**

收在譬喻歌中，其歌二十七首基本都是恋歌，但此首不可作恋歌解之。这是市原王在其爱女五百井女王结婚时，送给女婿的。佛经说到佛法至上时，喻之为“髻中明珠，……顶上有此一珠”（《法华经》安乐品）。歌中之语出自经典，作者长年仕于写经司之故。

**いなだきにきすめる玉(たま)は二(ふた)つ無(な)しかにもかくにも君(きみ)がまにまに**

（《万叶集》三・412）

**302. 一株松，历经数代。风吹过，**

**音清如波，岁久人和。**

天平十六年（744）一月十一日，登活道冈，宴会于一株松下，所作之歌。新春之冈上，老松迎风，清爽澄沏，风之“声”，可训为“音”。年深，本是言松老，而也说人之精神矍铄，做长寿之祈。活道冈之所在，当是在恭仁京附近，宴会乃安积皇子所举办。

ひと　まついくよ　へ　ふ　かぜ　こえ　きよ　としふか

**一つ松幾代か経ぬる吹く風の声の清きは年深みかも**

（《万叶集》六・1042）

## 大伴书持（大伴書持　おおとものふみもち）

生年未详，卒于天平十八年（746），旅人之子，家持之弟，据家持伤悼弟逝之歌的自注，书持爱于寝院之庭多植花草花木。有橘诸兄宅宴席歌、与家持的赠答歌等，《万叶集》收录其歌十二首。

303. **山峰上，红叶凋落，今夜时。**

**或入山濑，顺流逝之。**

其原注：天平十年（738）“冬十月十七日，集而宴饮于右大臣橘卿之旧宅”，众人共作歌十一首，此其一。时当初冬，红叶几尽，歌有惜秋之叹慨。宴席上有从奈良山摘来之红叶，众皆惊叹。作者笔下，乃是想象夜时的情景。

**あしひきの山(やま)のもみち葉(ば)今夜(こよひ)もか浮(う)かび行(い)く**

**らむ山川(やまがわ)の瀬(せ)に**

（《万叶集》八・1587）

## 大伴池主（大伴池主 おおとものいけぬし）

生卒年未详，世系未详。天平十八年（746）前后任越中掾，与任越中守的家持交结亲近。后进为左京少进、式部少丞。天平宝字元年（757），参与橘奈良麻吕之变而入狱。有与家持赠答歌等歌作，《万叶集》有其歌二十八首。

304. **十月里，遇到秋雨，红叶凋。**

**风吹散落，独自飘萧。**

上一首所言众人作歌十一首之一。亦是对红叶而感叹之歌。所说到的“时雨”，惯常是指冬日之雨，而在《万叶集》中，常用于咏九、十月之雨况，而不限于冬。

**十月(かみなづき)しぐれにあへるもみち葉(ば)の吹(ふ)かば散(ち)りなむ風(かぜ)のまにまに**

（《万叶集》八・1590）

## 广河女王（廣河女王 ひろかわのおおきみ）

生卒年未详。上道王之女，穗积皇子之孙女。天平宝字七年（763），得授从五位下。《万叶集》中，有可能是模仿其祖父之作的歌二首。

305. **恋之草，七车满载，力难胜。**

**恋想重甚，我心负承。**

或说“力车”乃以大木积之，以牛拉之。将称之为“恋”的草刈下，积之有七大车之多，以言说我之恋之深切，对自己激越的恋情，自叹自嘲。主旨还是在于表明真情之多。

**恋草(こいぐさ)を力車(ちからぐるま)に七車(ななくるま)積みて恋(こ)ふらく我(わ)が心(こころ)から**

（《万叶集》四・694）

## 狭野弟上娘子（狭野弟上娘子 さののおとがみのおとめ）

亦称茅上娘子。生卒年未详、传未详。为后宫藏司之下级女官。有与流罪越前的中臣宅守的激情的赠答歌二十三首。《万叶集》中可见到其十五之后的九首。

306. **想把君，流刑长路，卷叠起，**

**以火烧去。天火降矣！**

中臣宅守娶此女为妻，而中臣蒙罪将流于越前国，而此女留置于都中。此歌左注：“右四首，娘女临别所作之歌”，这是第二首。歌中表达出其坚定的意志和激越的情感。

**君(きみ)が行(ゆ)く道(みち)の長手(ながて)を繰(く)り畳(たた)ね焼(や)き滅(ほろ)ぼさむ天(あめ)の火(ひ)もがも**

（《万叶集》十五・3724）

307. **总诉说，他乡愁苦。快回来！**

**趁此悲恋，要我命前。**

原文中所说的“他国”，是指别的郡国、外乡。歌意表明：自己正沉入深深的恋想的苦恼中，催促丈夫快回故乡。不仅因其言，在外乡愁苦难熬，更能消除自己的痛苦！

**他国（ひとくに）は住（す）み悪（あ）しよそいふ速（すむ）やけく早帰（はやかえ）りませ恋（こ）ひ死（し）なぬとに**

（《万叶集》十五・3748）

308. **白栲布，君已带去，我下衣。**

**谨持勿失，相会有期。**

歌作既表现出恋情的亲密无间，也表现出对恋情的长远发展的祈盼。白栲，是用栲树之纤维织造的白布。下衣，是内裤之类之物。

白栲(しろたえ)の我(わ)が下衣(したごろも)失(うしな)はず持(も)てれ我(わ)が背子(せこ)直(ただ)に逢(あ)ふまでに

（《万叶集》十五・3751）

## 309. 濒临死，流地归来，到家人。
## 那是你吧？疑幻转真！

中臣宅守于天平宝字七年（763）正月前回到京城。早此多年，曾有对此之赦令，而宅守不在其赦之中。作者娘子失望久久。君“垂于死”之句，既有对此前的失望，也有对突得回还的从疑问到狂喜。

帰(かえ)り来(け)る人(ひと)来(き)たれりと言(い)ひしかば殆(ほとん)ど死(し)にき君(きみ)かと思(も)ひて

（《万叶集》十五・3772）

## 中臣宅守（中臣宅守 なかとみのやかもり）

生卒年未详。中臣东人之第七子。天平十年（738）因娶采女狭野弟上娘子，被敕命勘察，遭流罪越前。后蒙赦，于天平宝字七年（763）为从五位下；翌年被除名。《万叶集》中，有其与娘子之赠答歌四十首。

310. **畏连累，缄口默行。临越路，**

**路神祀过，始唤妻名。**

天平十年（738）娶了狭野弟上娘子的宅守，因罪被流配越前国。越前距京315里。歌之左注："右四首中臣宅守临路作歌。"此为第四首。日本古时有这样的信仰：遥唤人名，能将此人之灵魂带走。故不敢随心唤妻之名。原文中的"手向"，指为祈平安而奉币路神之处。

恐(かしこ)みと告(の)らずありしをみ越路(こしぢ)の手向(てむけ)に立(た)ちて
妹(いも)が名(な)告(の)りつ

（《万叶集》十五・3730）

311. **说行旅，意本易言。非此也，**

**我之流刑，非苦可概。**

中臣宅守“感叹‘行旅’之谓歌一首”。表达：我之流罪之旅的痛苦，难以世间的“苦旅”一词言之。

旅(たび)といへば言(こと)にそ易(やす)きすべもなく苦(くる)しき旅(たび)も
言(こと)に益(ま)さめやも

（《万叶集》十五・3763）

312. **妻子啊，虽隔山川，几多重。**

**你我相思，两心相通。**

中臣宅守于流配之所，思妻之歌。歌中用了呼声告示的表现，更见感情的真切。且“相思”，用了敬语“思ほせ”，表示对妻子的敬重，更见真纯情长。

**山川(やまがわ)を中(なか)に隔(へな)りて遠(とお)くとも 心(こころ)を近(ちか)く思(おも)ほせ**

**我妹(わぎも)**

（《万叶集》十五・3764）

313. **到谪所，恋妻情切，杜鹃啼。**

**飞鸣而过，非子也耶！**

“中臣宅守寄花鸟以陈情思作歌七首”，此为第四首。在贬谪之所，听杜鹃鸣叫飞过，似见妻子之神情身影。

**旅(たび)にして妹(いも)に恋(こ)ふればほととぎす我(わ)が住(す)む里(さと)に此(こ)ょ鳴(な)き渡(わた)る**

（《万叶集》十五・3783）

## 池田朝臣（池田朝臣　いけだのあそみ）

又被称为池田真枚。生卒年未详。天平宝字八年（764）为从五位下，历任军监、上野介、少纳言、长门守，至镇守副将军。因负军败之责，后被免官。《万叶集》卷十六有一首戏作之歌。

314. **女饿鬼：求赐本寺，瘦大神。**

**得男饿鬼，孩子好生！**

嘲笑大神奥守之精瘦如饿鬼而作之歌。以女饿鬼的口气发话，设想她们甚爱奥守，形成奇警的笑话。所言已似涉于人身攻击，欠于雅正，但合于当时宫廷官人的戏谑情态。歌作想象特异，建构新巧。

**寺寺（てらてら）の女餓鬼（めがきまお）申さく大神（おおみわ）の男餓鬼（おがきたぼ）賜りてその子（こ）産（う）まはむ**

（《万叶集》十六・3840）

## 大神奥守 （大神奥守おおみわのおきもり）

生卒年未详。天平宝字八年（764）得授从五位下。《万叶集》卷十六有应酬池田朝臣戏作歌一首。

315. **造佛像，朱砂难供，找池田。**

**掘其糟鼻，保管红鲜。**

这是被嘲笑为男饿鬼的大神奥守的回应之歌。朱砂是彼时常用的朱红颜料，造铜或木佛像时皆为必用。在当时东大寺营造佛像的背景下，更是所必需。池田朝臣鼻子红红，言掘之可解决红颜料不足之问题。这与前一首歌自己被嘲笑形成一个对攻。原文的“水溜まる”是“池”的枕词修饰语。

**仏造(ほとけつく)るま朱(そほ)足らずは水溜(みずた)まる池田(いけだ)の朝臣(あそ)が**

**鼻(はな)の上(うえ)を掘(ほ)れ**

（《万叶集》十六・3840）

## 田边福麻吕（田辺福麻呂たなべのさきまろ）

生卒年未详。天平二十年（748）任造酒司令史时，作为左大臣橘诸兄的使者，与越中守大伴家持多有往还。此外经历不详。有《田边福麻吕歌集》，含其所收三十一首，《万叶集》共收其歌五十三首。

316. **杜鹃鸟，今若不叫。到明日，**

**我行山道，勿须聒嘈！**

天平二十年（748）作者作为左大臣橘诸兄之使者往访越中守大伴家持，将归，四月二十六日，于送别宴上酬答之歌。言在此宴上愿与众位同聆杜鹃之啼鸣；明日我回京山路途中，却不愿单独听此鸟叫了。以此表达感怀同欢与惜别之情。寄言于杜鹃鸟，对鸟说话，新颖生动。

ほととぎす今鳴(いまな)かずして明日(あす)超(こ)えむ山(やま)に鳴(な)く
とも験(しるし)あらめやも

（《万叶集》十八・4052）

以下两首出于《田边福麻吕歌集》

317. 三香原，久迩之都，已荒颓。

宫人离去，川原含悲。

题词为：“春日，对三香原废都悲伤咏歌。”长歌一首，反歌二首，此其一。三香原，在京都府相乐府加茂町，中有木津川流过，是一风光明媚的盆地。曾于天平十二年(740)后16年间为圣武天皇的都城，即久迩京。后来，以难波为皇都，久迩京遂渐荒废。作为左大臣的橘诸兄下属的福麻吕曾作过久迩京赞歌，现又对此废都，悲伤而歌。

三香原(みかかのはら)久邇(くに)の都(みやこ)は荒(あ)れにけり大宮人(おおみやびと)のう

**つろひぬれば**

（《万叶集》六・1060）

**318. 潮水退，苇岸萧萧，群鹤叫。**

**呼侣声漫，宫室玉宵。**

天平十六年（744）从闰正月到二月下旬，圣武天皇以难波为都而留于此，此歌或即作于此时段，为行幸供奉之歌。此时迁都之敕或尚未发布，热闹的鹤鸣声也有吉庆之意。

**潮干(しおふ)れば葦辺(あしへ)に騒(さわ)く百鶴(ももたづ)の妻呼(つまよ)ぶ声(こえ)は宮(みや)もとどろに**

（《万叶集》六・1064）

## 安倍仲麻吕 （安倍仲麻吕あべのなかまろ）

大宝元年至宝龟元年（701—770）。中务大辅船守之子。灵龟三年（717）作为遣唐留学生赴唐，以晁衡之名仕于玄宗朝；与李白、王维等诗人交往亲密。终归国未果，客死于唐。《古今和歌集》《土佐日记》中留有其歌作。

319. **对长空，极目遥望：春日香，**

**三笠山头，皓月又上。**

题词为："在唐土，望月咏歌。"天平胜宝五年（753），作者欲与时将返国的遣唐使同行返国时，于送别宴席上所咏。三笠山，即奈良春日香之御盖山。遣唐使出发之际，即于此作祷求旅途平安的仪式。

席上咏作，仲麻吕不作汉诗，而咏和歌，再译以示唐之文士，而得其叹赏。其事在纪贯之的《土佐日记》中赞赏记之；《古今和歌集》之羁旅部置本歌于卷首。晁衡之《望乡诗》："仰首望长天，神驰奈良边。三笠山顶上，想又皎月圆。"可能即是他把所作歌译为中文，以示席上的人士。

**天(あめ)の原(はら)ふりさけみれば春日(かすが)なる三笠(みかさ)の山(やま)にいでし月(づき)かも**

（《古今和歌集》·羁旅·406）

## **遣新罗使人等（新羅に使**わさる人ら　しらぎにつかはさるるしじんら）

新罗位于朝鲜半岛东南部古三韩国之一。天平八年（736）二月任命阿部继麻吕为遣新罗大使，约六月出发。到翌年一至三月，使团成员才先后回归。《万叶集》卷十五前 145 首，皆为此使团成员所咏之歌作，包括赠答、陈思、海上所咏、诵咏古歌、挽歌、望月、望本乡等内容。

320. **大船航，如妹同乘，鸟翼护！**

**得与妹共，偕行坦途！**

《万叶集》卷十五的前半，有遣新罗使人的歌群 145 首。一开始有悲别赠答歌十一首，这是其第三首，前面的一首是："武库湾，入海口处，鸟翼覆。君离而去，我相思苦。"这是妻所歌，本首是答妻之歌。歌中的"翼护""翼覆"（羽ぐくみ）是鸟护雏的行为，此处移为夫妻间相爱惜情态。然这只能是一种假设、假想，包含着其实不可得的深深的遗憾。

大舟(おおぶね)に妹(いも)乗(の)るものにあらませば羽(は)ぐくみ持(も)ちて行(い)かましものを

（《万叶集》十五・3579）

321. **君行远，海边宿处，雾涌立。**

**伫望思君，叹息雾起。**

人之叹息而成雾，已见于歌184山上忆良的歌（卷五・799）中。此歌的这样表现并非偶见。丈夫已随出使的人等去往海边，妻子倚门思念，叹息于夜雾之中。

君(きみ)が行(ゆ)く海辺(うみべ)の宿(やど)に霧立(きりた)たば我(わ)が立(た)ち嘆(なげ)く息(いき)と知(し)りませ

（《万叶集》十五・3580）

322. **古奈良，白云罩空，呈瑞祥。**

**此景美甚，常览常看。**

题词为：“遣新罗使所咏之古歌。”咏唱奈良上空丰隆之云，赞美之，以寄托思念家乡的情怀，表现出海时的惜别之情。此次遣新罗使出发时为天平八年（736）；题注为“咏云”，乃是寄物陈思之作。原文中的“あをによし”为奈良之枕词。可写作“青丹よし”，上代，奈良出青土（可做染料、画料）；“よし”为赞叹词。

**あをによし奈良(なら)の都(みやこ)にたなびける天(あま)の白雲(しろくも)見(み)れど飽(あ)かぬかも**

（《万叶集》十五・3602）

323. **向大海，水流不息，饰磨川。**

**川流若断，恋亦凋丧。**

此亦是遣新罗使所咏古歌。注称之为“恋之歌”。

船行海上，咏诵之以寄情思。“饰磨河”，即播磨（今姬路市）的船场川。歌作表现出对爱情的执着。以川流不止息来倡言自己的爱情永不停息的追求。是民歌常见的比兴表现。“わたつみ”或写为“海神”，用以修饰海。

**わたつみの海(うみ)に出でたる飾磨河(しかまがわ)絶(た)えむ日(ひ)にこそ吾(わ)が恋(こい)止(や)まめ**

（《万叶集》十六・3605）

## 324. 夕暮风，秋寒秋衣，妹拆洗。此度洗罢，快回穿起。

此次的遣新罗使，预定秋末结束使命归国，而实际上比预定大大推迟了。寒秋时节，他们还滞留于去往新罗的路途的筑前国的博多。季节推移，衣装未得换；更有秋寒刺骨，空寂凄凉，思家心切。歌中未说“归国”，而说“快回家，穿起”，虽出于渴望与想象，但更真实地表现出彼时彼地的心情，有生活的实感。

夕(ゆう)されば秋風寒(あきかぜさむ)し我妹子(わぎもこ)が解(と)き洗(あら)ひ衣(ごろも)行(い)きてはや着(き)む

（《万叶集》十五·3666）

325. **天上雁，若能归使，奈良都。**

**遣其飞返，达言传书。**

这是“引津之亭”作歌七首的第三首。这些歌都是倾诉行旅的危苦的，以求得到都中人的理解和同情。以雁为使，中国汉之苏武即有此事。现欲得都中人知，故欲托雁传言。

天飛(あまと)ぶや雁(かり)を使(つか)ひに得(え)てしかも奈良(なら)の都(みやこ)に言告(ことつ)げ遣(や)らむ

（《万叶集》十五·3676）

326. **红叶落，永宿此山，命蹉跎。**

**待君归人，伤之若何。**

此为悼遣新罗使一行人中的雪连宅满（雪连病死于去程的壹岐岛）之挽歌，为葛井连子老所歌。此为反歌之第二首。红叶之山与荒凉的葬身之所叠合为一，以“乐景写哀情”，虽似见秋趣，但更添悲切。

**もみち葉(は)の散(ち)りなむ山(やま)に宿(やど)りぬる君(きみ)を待(ま)つらむ人(ひと)しかなしも**

（《万叶集》十五・3693）

327. **徒然有，家岛之名。满心爱，**

**远海扑来，妻却不见！**

此次的遣新罗使，于天平九年（737）正月，以大判官为首一行得以归来；大使于归途中死于对马；副使因病而迟滞，至三月才回京。在新罗之使命未得达成，悲惨中黯然返回。歌中虽未言这些事，但归程之歌仅有区区五首，也侧面反映出内心的悲凄。“家岛”，为播磨海上家岛群岛的主岛，仅其名也使一行人更涌思乡之心，然至“家”而“无妻”，实有“家岛”非“家”的失落感。

**家島(いえしま)は名(な)にこそありけれ海原(うなはら)を我(わ)が恋(こ)ひ来(く)つる妹(いも)もあらなくに**

（《万叶集》十五・3718）

## 东歌（東歌　あづまうた）

即东国之歌，也是《万叶集》卷十四全部 238 首歌的总称。歌之作者、辑录者及有关事项，皆不详。其中约 40%歌作可判明其国之名，如远江、骏河、伊豆、相模、武藏、上总、下总、常陆等，皆置于前半卷，国名不详之作置于后半卷。其歌可分为杂歌、相闻、譬喻等部类。

328. **海绵长，拢近海岸，且停船。**

**夜方拢岸，更深夜长。**

题词为："上总国之歌。"上总国，在今千叶县中部，本称"总国"在仁德天皇时，分为上下两部分，上总，在其南部。原文中的"夏麻引"等，都是下文的枕词。直接修饰"海"。今姑且以为修饰"海"之绵延而译之，以免空置。歌意本唱叹海上行船的苦辛和危险。

なつそひ　うなかみがた　おき　す　ふね　よ
**夏麻引く海上潟の沖つ渚に船はとどめむさ夜ふけにけり**

（《万叶集》十四・3348）

329. **筑波岭，落雪铺满？莫非是，**
**可爱小妹，晾布山上？**

常陆国杂歌二首之一。万叶时代，生活于筑波山一带的人们的朴素的歌作。写了其山麓一带生活着的人们，在晾晒漂洗好的白布的情景，写出了晾布之多而引起的错觉：是下雪了吧？更寓含着对晾布的女子恋想的情感。

つくばね　ゆき　ふ　こ
**筑波嶺に雪かも降らるいなをかもかなしき児**
にのは
**ろが布乾さるかも**

（《万叶集》十四・3351）

330. **信浓国，须我荒野，杜鹃唱。**

**啊啊真快，时令变换。**

信浓国杂歌一首。信浓，在长野县。须我，不详；推测为信浓筑摩郡苧贺乡。万叶人歌中说到鸟，最多的就是杜鹃。此鸟冬去夏来，鸣于旷野。此歌中说到的“时已过矣”，的“时”，当是指季节时令。（此外有多说：返京之时、丈夫归来之时、相会之时等。）

**信濃(しなぬ)なる須我(すが)の荒野(あらの)にほととぎす鳴(な)く声聞(こえき)けば時過(ときす)ぎにけり**

（《万叶集》十四・3352）

331. **多摩川，晾布水滨，美少女。**

**越看越爱，入心中意。**

武藏国相闻往来歌九首之一。多摩川，发源于奥多摩流经东京都与川崎市之间，注入东京湾；清沏开阔，是漂洗、晾晒织成之布的绝好场所。本歌更意在

表达热烈的恋情；原歌中的“さら”和“ こ”同音反复、连用，显得流畅而轻快。

**多摩川(たまがわ)にさらす手作(てづく)りさらさらになにそこの児(こ)のここだかなしき**

（《万叶集》十四・3373）

332. **葛饰稻，蒸之浮浮，飨神时，**

**怎忍良人，门外孤峙。**

下总国相闻往来歌四首之一。飨，是所谓尝新祭，敬神之事。是时，只能由少女操持，男性入家是为禁忌。这里咏歌者不愿、不忍自己的相好受逐出门外，欲打破禁忌而放之入室内。译文借用了《诗・大雅・生民》：“释之溲溲，蒸之浮浮。”（写蒸饭祭神的情景。）

**にほ鳥(とり)の葛飾早稲(かづしかわせ)をにへすともそのかなしき**

を外(と)に立(た)てめやも

（《万叶集》十四・3386）

333\. **筑波岭，嘎嘎哀号，鹫孤栖。**

**不能见君，放声悲啼。**

常陆国相闻往来歌十首之一。所爱之人行旅在外，女子独在家中，悲啼不堪孤寂。如筑波山上孤号的鹫一样。鹫，不同于其他猛禽的群栖，而总是独处，以之为喻，是比较恰当的。

**筑波嶺(つくばね)にかか鳴(な)く鷲(わし)の音(ね)のみをか泣(な)き渡(わた)りなむ逢(あ)ふとはなしに**

（《万叶集》十四・3390）

334. **信浓路，会踩新伐，残树桩。**

**鞋要穿上，我的情郎。**

信浓国相闻往来歌四首之一。妻子赠通过新开辟的信浓道而外出的丈夫的歌。据《续日本纪》："美浓信浓二国之界径险阻而往还艰难"，而开吉苏路（即木曾路）。日本彼时为"访妻婚"之俗，故丈夫即是情郎。

**信濃道(しなぬぢ)は今(いま)の墾(は)り道(みち)刈(か)りばねに足踏(あしふ)ましむな**
**沓(くつ)はけ我(わ)が背(せ)**

（《万叶集》十四・3399）

335. **我恋悲，恰如多胡，入山处。**

**入之愈深，悲心愈著。**

上野国之歌。"多胡"为上野国多胡郡。原歌中的"草枕"，是多胡的枕词。所谓"入野"，即原野接山，进入山深处的地方。以此来比喻爱欲的日趋深入。歌中两言悲情，表达出：真正的爱情，常是与悲情相伴的。

**吾(わ)が恋(こい)はまさかも悲(かな)し草枕多胡(くさまくらたこ)の入野(いりぬ)のおくも悲(かな)しも**

（《万叶集》十四·3403）

336. **安苏麻，一捆入怀，柔如酥。**

**共寝未足，意欲何如?**

亦上野国之歌。安苏，在上野国安苏郡。整个一、二、三句，是对后二句的修饰，即序词。全歌表现爱情追求的深切，超越感官、肉体，而直指心灵的融合。

**上毛野安蘇(かみつけぬあそ)の真麻(まそ)むら掻(か)く抱(むだ)く寝(ね)れど飽(あ)かぬを何(あ)どか吾(わ)がせむ**

（《万叶集》十四·3404）

337. **伊香保，高处围堰，人皆见。**

**共寝之欢，若虹霓现。**

上野国相闻往来歌二十二首中之一。万叶时代之普通人家，多为竖穴式木柱草屋，即便是夫妇也难有自己单独的房间。此歌说到不管怎么被人看见，都想和相爱的女子同寝，表现出欢畅无羁的向往。原文的“やさか（八尺）”，或说是指其大。或说是地名。堰塞，是塞川水以灌田的水堰，筑于高处而显目；虹，也见于空中。此以二者喻人皆能见到。

**伊香保(いかほ)ろのやさかのいでに立(た)つ虹(のじ)の現(あら)はろまでもさ寝(ね)をさ寝(ね)てば**

（《万叶集》十四・3414）

338. **佐野渡，舟桥长在。母无奈：**

**我与所爱，不可拆开。**

同上上野国相闻往来歌之一首。“佐野之舟桥”，为平安以后在歌中屡屡提到的景点，称之为“歌枕”。在《枕草子》中也有言：“桥则佐野之舟桥”。以桥之不可拆，喻爱之不可分，表现了要违背母亲意志而坚持自己爱情追求的强烈心愿。

かみつけのさの　ふなはしと　はな　おや　さ　わ
**上野佐野の舟橋取り放し親は放くれど我は**
さか
**離るがへ**

（《万叶集》十四・3420）

339. **铃响处，驿站泉井，得水喝。**

**妹手掬水，我口相合。**

杂歌十七首中之一首。驿站备水以供往来人及马之饮用，然“黄尘行客汗如浆”，汗秽满面满手；且行客见驿家之少女而悦慕，欲就其玉手而饮之。表答真挚而朴实。

すず　ね　はゆまうまや　つつみい　みず　たま　いも
**鈴が音の駅家の堤井の水を飲へな妹が**

直手よ

（《万叶集》十四・3439）

340. **有情趣，芒穗之野，勿须烧。**

**杂于枯原，更生新草。**

同上十七首之一。烧荒本是万叶时代武藏国盛行的耕种法。本歌咏唱的对冬枯之野的爱惜，不当出自东歌人之心；其特定寓意并不太明确。故有是“京城人所作”的说法。总之表现出对自然的爱。

**おもしろき野をばな焼きそ古草に新草まじり生ひは生ふるがに**

（《万叶集》十四・3452）

341. **若相思，就请来吧！等君时，**

**揉碎墙边，杨柳新枝。**

未明其国相闻往来歌一百一十二首之一首。女子答男子“甚想你”之歌。所爱之人未见，女子歌表焦灼之情态：久等不见，不觉间摘揉身边墙内柳条尖，以至使之秃碎。

**恋(こい)しけば来(き)ませ我(わ)が背子(せこ)垣内(かきつ)柳(やぎ)末(うれ)摘(つ)み枯(か)らし我(われ)立(た)ち待(ま)たむ**

（《万叶集》十四·3455）

342. **入夜时，我之舂稻，皲裂手。**

**公子握之，叹息与否？**

同上一百一十二首中之一首。此歌之女子为日本古称的“碓女”或“舂女”（见《古事记》《日本书纪》），为受佣舂稻之女子，而与其相往来的男子身份颇高，是所谓“殿之稚子”，即或国守或郡守或豪族家的小儿子。此女在空想入夜相见的情景，有喜悦向往，也有羞耻难堪。

いねつ　わ　て　こよひ　との　わくご

**稲搗けばかかる我が手を今夜もか殿の若子が**

と　なげ

**取りて嘆かむ**

（《万叶集》十四・3459）

343. **隔栅栏，马驹食麦，到口难。**

**未得见妹，怀想久长。**

同上一百一十二首中之一首。一令人同情的男子渴盼久未得见的心上人以求亲近。原文中对此女子的复数的称呼，是那时男性对亲密女性的惯用称呼。

こ　むぎは　こうま　あいみ　こ

**くへ越しに麦食む小馬のはつはつに相見し児**

**らしあやにかなしも**

（《万叶集》十四・3537）

344. **柳条青，汲水渡头，长待君。**

**高低企望，踩土平匀。**

同上一百一十二首中之一首。川岸柳青，新叶初生。在渡头忘却汲水之事，一心等待心上人，久等企盼，不觉将脚下之土踩踏得平整了。

**青柳(あおやぎ)の萌(は)らろ川門(かわと)に汝(な)を待(ま)つと清水(せみど)は汲(く)まず立(た)ち処(と)平(なら)すも**

（《万叶集》十四・3546）

## 防人歌（防人歌　さきもりのうた）

依古代律令制，筑紫、壹岐、对马等方向的守备者，称为“防人”。以这样的人和事有关者的歌，称之为“防人歌”。主要见于《万叶集》卷二十、卷十三等中。其歌真诚、质朴，形象生动，情意明切。

345. **苇叶黄，夕雾涌动，鸭声寒。**

**晚风起时，恋妹情长。**

卷十四东歌中列防人歌五首，此是其一。防人乘船出发时在集结地难波港（抑或是回程时在任那的筑紫的海边）的咏歌。“丰苇原”为日本古国的美称；“苇凋零”是难波的枕词。难波之苇，广为人知。临旅途而思念家乡，更挂念妻子，成此清澄、哀切、悲愁之歌作。

葦(あし)の葉(は)に夕霧(ゆうぎり)立(た)ちて鴨(かも)が音(ね)の寒(さむ)き夕(ゆう)べし汝(な)をば偲(しの)はむ

（《万叶集》十四・3570）

346. **妻面影，我饮水时，水中见。**
**恋妻不忘，情深影现。**

为若倭部身麻吕所咏之歌。作于去往难波的途中；汲道边清水而饮时，水中现妻之面影；此为妻甚恋我之故，我岂能忘怀。且妻之面影现于我眼前水中，实是我甚念妻之故。一短歌之中，具动人之情节。双方之感情深切，更加彰显。

我(わ)が妻(つま)はいたく恋(こ)ひらし飲(の)む水(みず)に影(かご)さへ見(み)えて世(よ)に忘(わす)られず

（《万叶集》二十・4322）

347. **咱爹妈，若能真是，两枝花。**

**捧花征戎，可向天涯。**

此为丈部黑当之咏歌。年轻防人，别离父母，征戎在外。心想：设若父母为花（枝），则可捧持之而行，有若在家时得长与父母相聚。出于想象，而情深意切。

**父母も花にもがもや草枕旅は行くとも捧ごて行かむ**

（《万叶集》二十・4325）

348. **若暂延，画妻娇颜，带身边。**

**征旅常看，以释思念。**

此为物部古麻吕之歌。别离妻子，匆匆出发，离家后悲叹咏歌。设想如能再有点时间我定画张妻子之画像带在身边。当时日本的多地：高丽郡、多摩郡、上野国等，都有不少的从中国、朝鲜去的“渡来人”，日本人向他们学习画肖像画、似颜画。作者或可有这样的绘画功力，但更可珍贵的是他与妻子长聚长斯守的愿望。

**我が妻も絵に描き取らむ暇もが旅行く我は見つつ偲はむ**

（《万叶集》二十・4327）

## 349. 奉君命，险礁急浪，出海航。诚惶诚恐，抛舍爹娘。

丈部造人麻吕所歌。收于《万叶集》卷二十所载“天平胜宝七年乙未二月，替换筑紫戍守所遣诸国防人等歌”八十四首中。防人由难波出航往筑紫，歌中咏叹了航路之险阻。身负敕命，不可违抗；丢下父母在家乡而远赴戍地，两者都令内心惶恐不安。

**大君の命恐み磯に触り海原渡る父母を置

**きて**

（《万叶集》二十・4328）

350. **抚我头，爹娘祈福，给灵力。**

**谆谆话语，注我心里。**

丈部稻麻吕所歌。将赴难波，临别之际，满心慈爱的父母抚其头而告祝“康健”“平安”。且依日本古代信仰，这样做有咒术之功，能使自己的灵力添加到对方身上。

ちちはは　かしらか　な　さ　い　ことば　わす

**父母が頭掻き撫で幸くあれて言ひし言葉ぜ忘れかねつる**

（《万叶集》二十・4346）

351. **我将走，牵袖抚头，泪奔涌。**

**娘之伤痛，在我心中。**

物部乎刀良所歌。送子出征之际，母亲抚其头而祈告平安，牵其袖而泣。歌中“牵袖”（袖もち），有母以己之袖；母牵我之袖两解，本译文近于后者。

**我(わ)が母(はは)の袖(そで)もち撫(な)でて我(わ)が故(から)に泣(な)きし心(こころ)を忘(わす)らえぬかも**

（《万叶集》二十·4356）

352. **苇墙角，我妻悄立，掩面泣，**

**泪袖淋漓。我常忆起。**

刑部直千国所歌。临别之际，妻子不愿自己悲啼之状为夫君所见，故“低首向暗角”：立于苇墙边隅，绞袖长泣。当时此出征之人似未明言所见，故作坚毅状而行，而此情景埋之心底；此后常常回想之。《万叶集》中，也有与此不同的情况：缠绵相别，缱绻难舍。如其 4352：

豆蔓绕，路傍荆梢。别妻时，行迈靡靡，中心摇摇。

**葦垣(あしかき)の隈処(くまと)に立(た)ちて我妹子(わぎもこ)が袖(そで)もしほほに泣(な)きしそ思(も)はゆ**

（《万叶集》二十・4357）

353. **忘我时，放眼眺望，筑波岭。**

**我之姿容，定回妹心。**

占部小龙所歌。出发之时，给妻子的留言。筑波山是常陆的象征，山顶上有“嬥歌”之所，乃男女集会饮食歌舞之地，于时击节舞蹈唱歌，以表悦慕。男子所嘱，在于希望妻子观看山色而回忆两人当初相悦慕的情景。（也有解释为看岭上之云而想起自己。）

**我(わ)が面(もて)の忘(わす)れもしだは筑波嶺(つくばね)を降(ふ)り放(さ)け見(み)つ**

つ妹(いも)は偲(しぬ)はね

（《万叶集》二十・4367）

354. **从今起，为盾为城，捍君王。**

**义无反顾，身家俱忘。**

今奉部与曾布所歌。表现作为防人的使命感、对天皇的忠诚之心。原文中的“丑”，是针对自己的谦卑之辞，意为“忝充”，凑合充任。《万叶集》中明确是防人歌之作，卷二十93首，卷十四5首，共98首，其中表现防人的忠勇之心的，仅3首（此4373、及4370、4374），如：

祈天地，神灵佑之。挎弓箭，我向筑紫，出征时。（4374）

防人歌的根本主旨所向，还是表现苦于征戍的不幸遭遇。

今日(きょう)よりは顧(かえり)みなくて大君(おおきみ)の醜(しこ)のみ楯(たて)と出(で)

た　われ
**で立つ我は**

（《万叶集》二十・4373）

## 355. 见松树，行列排立，即想起：
## 家人相送，鱼贯依依。

物部真岛所歌。在去往难波的途，见到成排的松树，就联想到自己出门时家人相送的情景。原文中无“鱼贯”字样，本意只是排列。直译显重复，且动态感不如“鱼贯”。据专家们考证，此物部真岛，和前两作者一样，是“火长”，即十个士兵之长。但他在歌中表达的意味，更多的是真切、朴素地对家乡、亲人的思念。

まつ　き　な　み　いえひと　われ　みおく
**松の木の並みたる見れば家人の我を見送ると**
た
**立たりしもころ**

（《万叶集》二十・4375）

356. **娃娃哭，牵我衣裾，追我来。**

**弃置家中，没娘小孩。**

他田舍人大岛所歌。歌中主人公之妻，或是分居，或已逝去，故留于家中的孩子们无人照看抚育，景况凄惨。防人歌中，思念妻子的有 32 首，思念父母的 22 首，而牵挂孩子的仅此一首。而孩子牵衣哭泣，追随不舍的情景，更表现出了防人的痛切遭遇。

**韓衣(からころむ)裾(すそ)に取(と)り付(つ)き泣(な)く子(こ)らを置(お)きてそ来(き)ぬや母(おも)なしにして**

（《万叶集》二十・4401）

357. **我门前，半边坡上，山茶花。**

**我未碰你，不致落吧！**

物部广足所歌。近家处的山茶，譬喻吸引自己并与之相好的女子；凋落，譬喻成了别的男人的相好。歌中的“我未碰你”，是说还未成自己的妻子。防人出征，担忧与自己相好的女子花落别家。

**我(わ)が門(かど)の片山椿(かたやまつばき)まこと汝(なれ)我(わ)が手(て)触(ふ)れなな地(ち)に落(お)ちもかも**

（《万叶集》二十・4418）

358. **我留家，空作念想。神佑我，变你佩刀，护你无恙。**

作为地方官的国造（名丁）之子日下部使主三中作为防人出发的时候，其父所咏之歌。征调防人的“军防令”明文“防人当携大刀一口，小刀一把以行”；原文中的“斋祝”，指（神佑）守护之意。歌中表达了父亲对儿子的牵挂和关爱。

**家(いえ)にして恋(こ)ひつつあらずは汝(な)が佩(は)ける太刀(たち)になりても斎(いは)ひてしかも**

（《万叶集》二十・4347）

359. **征旅宿，纽绊断时，用这针；**

**似我亲手，为你缝纫。**

椋椅部弟女所歌。武藏国的防人歌 12 首中，有半数为防人之妻所歌，此为其中之一首。出发的前夜，在丈夫的行囊中放进针线，说见此针线如见我，用此针线如我在用。亲爱之意，溢于言表。当然也表达一点小警示：勿倩请别的女子缝纫！

**草枕(くさまくら)旅(たび)の丸寝(まるね)の紐(ひも)絶(た)えば我(わ)が手(て)と付(つ)けろこれの針(はり)持(も)し**

（《万叶集》二十・4420）

360. **将你衣，染得色深。过坡时，**

**定能看得，切切真真。**

物部刀自卖所歌。上一首丈夫所歌：

我站在，足柄坡上，振袖招；你在家中，能看见吧！（4423）

妻子接而歌此首。武藏国的防人歌，多为防人与其妻相合而歌，故有近半数之歌为防人之妻所歌。夫妇唱和，出于真实，超越技巧，真情动人。

**色深(いろふか)く背(せ)なが衣(ころも)は染(そ)めましをみ坂給(さかたば)らばまさやかに見(み)む**

（《万叶集》二十・4424）

361. **“这征夫，谁家里的？”旁观人，毫不忧心。可羡可嗔!**

这是送别防人的其妻子所歌。听到旁人似带幸哉乐祸口气的闲问，此女不由心生怒恨之气，但又不觉有些羡慕：何能像这样的人一样平适安闲呢？并未直言她内心的凄苦，仅通过对旁人的言语的感受来侧面展示。

**防人(さきもり)に行(い)くは誰(だれ)が背(せ)と問(と)ふ人(ひと)を見(み)るがともし**

ものもひ
**さ物思もせず**

（《万叶集》二十・4425）

## 作者未详之歌（作者未詳歌　さくしゃみしゃうた）

即所谓“无名氏”（日语谓之“詠み人知らず”）所作，收在《万叶集》卷七、十、十一、十二、十三、十四、十六（部分）中，共约2300首，超过《万叶集》和歌总数的一半。其中很多是古代歌谣口头承传的作品，真率表现生活的情景与感受。

362. **大海上，岛屿渺然。海波荡，**

**白云涌起，海天云浪。**

有注：从驾伊势作。作者与时间皆不明。从结句上看，“白云涌起”，有望乡之意（抑或有某种思慕的象征），从境况来看，时间当在春、夏之间，推测是持统六年（692）的三至五月。歌作体现出一种开阔的气势。

大(おお)き海(うみ)に島(しま)もあらなくに海原(うみはら)のたゆたふ波(なみ)に立(た)てる白雲(しろくも)

（《万叶集》七・1089）

363. **君王气，细川萦带，三笠山。**

**清音爽意，山高水长。**

“咏河之歌”的第一首。歌颂山川清气，是传统的“国赞”之歌的型质。“大君の”是三笠山的枕词，似无实意，但略彰意味。“三笠山”、奈良之春日山之一峰，歌中有拟人化的意味；细谷川，深细山谷中的川流，指能登川。以“清”来凸显山川意态，也有别致之韵味。

大君(おおきみ)の三笠(みかさ)の山(やま)の帯(おび)にせる細谷川(ほそたにがわ)の音(おと)の清(さや)けさ

（《万叶集》七・1102）

364. **取鸣琴，先自叹息。或许这，**

**琴身鸣处，有我亡妻。**

“咏倭琴”之一首。实含追忆亡妻之意。原文中“琴之下樋”，即指琴身下的共鸣槽空洞处。歌作把追忆与尚未鸣响的哀伤之琴曲连带起来，把想象和情思联结在一起。

**琴取(ことと)れば嘆(なげ)き先立(さきた)つけだしくも琴(こと)の下樋(したび)に妻(つま)や隠(こも)れる**

（《万叶集》七・1129）

365. **春霞起，井户汲水，为见你。**

**不顺直路，远绕相期。**

以“临时”为题的十二首之一。即是随机有感之作；本首之具体事况不明，当与情人期盼相见有关。“春霞”被视为是“井”的修饰枕词，但实际也有写景的实意。歌中人物，当是一位女性，绕远路而往，实是顺随欲见之人的行走路径，以求多有相见的机会。有解释说是欲避人耳目而绕道，可参考。

**春霞(はるかすみ)井(い)の上(へ)ゆ直(ただ)に道(みち)はあれど君(きみ)に逢(あ)はむとたもとほり来(く)も**

（《万叶集》七・1256）

## 366. 天将晓，夜鸦虽啼，时尚早。<br>冈上林梢，又静悄悄。

同上为“临时”之歌。男女幽会后分别前所咏之歌。鸦啼虽早而群鸟未噪，女方有挽留之意（或是男方所歌，则有拖延之意）。

**暁(あかつき)と夜烏(よがらす)鳴(な)けどこの岡(おか)の木末(きすえ)が上(うえ)はいまだ静(しず)けし**

（《万叶集》七・1263）

367. **满潮矶，难见海草。相恋者，**

**虽难见到，人实如潮。**

《万叶集》中“托海草以寄恋”之歌。以满潮时岸边矶石上的海草难以看到，来比喻相恋的人平时似乎总难看到。后来的《歌经标式》中有这样的歌：“满潮矶，难见海草。幽会人，白天没有，夜里多甚。”意味与此歌相似。

**潮満(しおみ)てば入(い)りぬる磯(いそ)の草(くさ)なれや見(み)らく少(すく)なく恋(こ)ふらくの多(おお)き**

（《万叶集》七・1394）

368. **欲远飏，放船海上；已入港，**

**靠岸进家，怎作轻狂？**

譬喻歌中的“寄于船”之一首。以“海上、港口、拢岸”，来比喻向女子求爱的男子的不同境况。“海上”时，两人的关系尚不亲密；“拢岸”则不同，是亲密、一家。原文中，三次用到“放く”，意味着无拘、放开、丢掉，这样的意思。歌中同语重复，更见歌谣式的回环反复的韵味。

**こと放(さ)けば沖(おき)ゆ放(さ)けなむ 湊(みなと)より辺(へ)付(つ)かふ時(とき)に放(さ)くべきものか**

（《万叶集》七・1402）

369. **秋山上，红叶美甚，感而叹。**

**空等无果，不见妻还。**

卷七末尾有挽歌六首，此其一。日本古俗，认为逝去的人是进到山中去了。妻子亡故，似已入秋山黄叶之中；秋山虽美，自己动于心而有感，但等妻回归，已毫不可能，因而满怀感伤。

秋山の黄葉あはれとうらぶれて入りにし妹は待てど来まさず

（《万叶集》七・1409）

370. **秋雨哟，莫下不断！红叶斑，**

**落叶满山，怜惜长叹。**

据题词与注可知，天平十一年（739）十月于光明皇后（圣武天皇之皇后）宫中，举行讲维摩经之法会，奉演唐、高丽音乐，合其音以歌。市原王、忍坂王弹琴，田口家守、河边东人等十数人咏而歌。红叶飘零之歌，常与佛教之无常感有关；而从末句看，本歌似有别于无常感的表现，而是季节感的表现。其在此种法会上歌咏之的缘由，难以确定。原文写的是“黄叶”（もみじ，也指红叶），依中文习惯，写为红叶。

**時雨(しぐれ)の雨間(あめま)なくな降(ふ)りそ 紅(くれない)ににほへる山(やま)の散(ち)らまく惜(お)しも**

（《万叶集》八・1594）

## 371. 春红漾，空飞流霞。青柳杈，衔枝弄叶，娇莺恰恰。

是一首中国风的作品。如“流霞”“青柳”等皆是汉语词语；鸟衔（花）枝的图景，也是中国式艺术情调。不是对实景的写实，而是基于艺术模仿构创。原文本是黄莺“衔枝”鸣叫，有评说认为“衔枝之鸟不可能鸣叫”，但应将其视为一个动态的情景就好了。杜甫句：“自在娇莺恰恰啼。”

**春霞流(はるかすみなが)るるなへに青柳(あおやぎ)の枝(えだ)くひ持(も)ちてうぐひす鳴(な)くも**

（《万叶集》十・1821）

372. **昨日乃，岁末除日。春日山，**

**今朝晨光，春霞铺满。**

基于对从中国传来的历法的理解，元日之前为冬、之后为春。岂知冬去春来，冬意犹在。知识与经验常不可能一致。而本歌表现的却是对历法的正确性的出乎意外的感受。春日山，奈良东部之山，即三笠山。

きのう　とし　は　はるかすみかすが　やま　た

**昨日こそ年は果てしか春霞春日の山にはや立ちにけり**

（《万叶集》十・1843）

373. **皇宫之，公卿官员，休暇日。**

**梅花插冠，会集于此。**

题为《野游》四首之一第四首。据当时的“假宁令”，官员每六天有休暇。这里写的是官员们在迎春的一天的愉快集会。以梅花为冠饰，悠然闲适的情景。歌中的“此”，就是指春日之野。《新古今和歌集》

中有署为山部赤人的一首歌作：“皇宫之，公卿官员，休暇时，插樱于冠，悠闲今日。”原文的“ももしきの”，枕词，写为汉字为“百敷”“百石城”转意为皇居、皇宫之意。

**ももしきの大宮人(おおみやびと)は暇(いとま)あれや梅(うめ)をかざしてここに集(つど)へる**

（《万叶集》十・1883）

## 374. 秋风吹，白云飘飞。是织女，天河之上，披巾振举。

属“秋杂歌”七夕九十八首之一。此歌中，这个从中国传来的神话故事仍保有很多的中国色彩，“秋风”“白云”“织女”等等，都是汉语词。写出了秋空高爽的情景，又映现出神话故事的美妙意味。

**秋風(あきかぜ)の吹(ふ)き漂(ただよ)はす白雲(しらくも)は織女(たなばたつめ)の天(あめ)つ**

**領巾(ひれ)かも**

（《万叶集》十・2041）

375. **手珠响，铃铃音和，足玉鸣。**

**为君制衣，赶期辛勤。**

这也是七夕歌中的一首。织女织布制衣，为于相会时赠予牛郎。劳作时手链、脚环上珠玉声响，场景优美，情趣真切。

**足玉(あしだま)も手玉(ただま)もゆらに織(お)る機(はた)を君(きみ)が御衣(みけし)に縫(ぬ)ひあへむかも**

（《万叶集》十·2065）

376. **朝蓝艳，暮已萎凋，月草花。**

**舍身之恋，我亦物化。**

借易凋之月草写爱恋之伤情。月草，亦名鸭头草，一年生，夏有浅蓝色花。可为染料，却也易溶水褪色。且其花于日中强阳光下很快萎颓 。末句的本意是“我也这样”了。“上句”（即 1、2、3 句）是序词，说月草花而引发、修饰“下句”（4、5 句）关于我之恋。卷十·2281 是相似的一首：“月草花，朝露中开，夕已凋。待君苦心，与之共消。”

**朝咲(あしたざ)き 夕(ゆうへ)は消(け)ぬる月草(つきくさ)の消(け)ぬべき恋(こい)も我(われ)はするかも**

（《万叶集》十·2291）

## 377. 昨夜寒，晨起开门，庭中看。

## 斑驳疏落，初雪铺上。

单纯明快如歌曲，有难舍之情味。写出初雪到来时，与预感和期待感有所不同的情景：并非是严寒、大雪，而是轻寒、柔雪，故而带给人一种新鲜与喜悦。

よる　さ　あさと　ひら　い　み　にわ
**夜を寒み朝戸を開き出で見れば庭もはだらに**
ゆきふ
**み雪降りたり**

（《万叶集》十・2318）

378. **我念念：青草轻束，发中分。**

**初见覆额，妹乃芳春。**

中分是孩子的发式：头发从头的中央向两边分开。这里说到的“妹”，即其女伴，也当是从孩童到少女的年纪。青草束发，是普通人家的装扮；更是孩童嬉乐之所为。歌作侧重写头发，展示出所爱慕的少女的美。原文说的“发短”，诸注均说及肩之短发。参之李白句“妾发初覆额”（《长干行》），理解为额上短发。

ふりわけ　かみ　みじか　あおくさ　かみ　いも
**振分の髪を短み青草を髪にたくらむ妹をし**
おも
**そ思ふ**

（《万叶集》十一・2540）

379. **可想见，不意之间，到妹前。**

**其喜眉扬，笑绽欢颜。**

题词为：“正述心绪歌一百零二首”，中之一首。描绘突然去到恋人之处时，她的高兴神情。看得出双方感情的融恰亲近。

**念(おも)はぬに到(いた)らば妹(いも)が歓(うれ)しみと笑(え)まむ眉引(まゆびき)おもほゆるかも**

（《万叶集》十一・2546）

380. **虽易见，也有意外，独自眠。**

**未枕妹袖，辗转想念。**

题词同上。从歌中可见到，当时日本的相恋男女，夜夜春宵以为常；偶有分离，则形于悲叹。

**斯(か)くばかり恋(こ)ひむものぞと念(おも)はねば妹(いも)が 袂(たもと)**

を纏(ま)かぬ夜(よ)もありき

（《万叶集》十一・2547）

381.　“恋”无赖，面目难消。攒拳打，也难惩退，泼皮是它！

如想忘却对恋情的追求，抛开它，实不可能。用纯然的理性压制住感情的趋向，实没可能。实际上体现出恋情的强烈，感情的真挚、深切。本书第165歌：“在家里，关柜上锁，风情魔。跑出抓我，我逃不脱！”（积穗皇子歌《万叶集》十六・3816）也是把恋情对自己的支配力量做了拟人化的艺术处理。可参读之。

面忘(おもわす)れだにもえすやと手握(たにぎ)りて打(う)てども懲(こ)りず恋(こい)といふ奴(やっこ)

（《万叶集》十一・2574）

382. **晨起后，不梳此发。枕君臂，**

**触抚高贵，留君爱意。**

夜里共寝的两男女，晨起男子走后，女子眷恋深长，欲余爱长留，表现出真切的恋心。全歌甜美而有体感。原歌的“万叶假名”的末二句是“君之手枕，触羲之鬼尾”，据释，指书家王羲之之手，以喻高贵之手；鬼，意指造物之精灵。（尾，不关语意，是语法、语气词。）

**朝寝(あさね)髪(かみ)我(われ)は梳(けづ)らじ 愛(うつく)しき君(きみ)が手枕(たまくら) 触(ふ)れてしものを**

（《万叶集》十一·2578）

383. **灯火下，闪烁流俏，正微笑。**

**妹之姿容，眼前飘摇。**

此是“寄物陈思”之一首。灯火照耀，灯光摇曳，从笑容表情，让人联想到姿态媚丽。写的不是写实的情景，而是心中想象的意象。

**灯火(ともしび)の影(かげ)にかがよふうつせみの妹(いも)が笑(え)まひし面影(おもかげ)に見(み)ゆ**

（《万叶集》十一·2642）

384. **烧芦苇，满屋熏黑。难波人，对己妻子，视如奇珍。**

难波，即现今的大阪地方。其地古来多芦苇，以为燃料，火力弱面黑烟多。歌作不仅展现出人物对妻子的爱与惜，也体现了家庭的和睦与温暖。

**難波人(なにわひと)葦火(あしひ)焚(た)く屋(や)のすしてあれど己(おの)が妻(つま)こそ常(とこ)めづらしき**

（《万叶集》十一·2651）

**385. 流言中，妹名我誉，甚珍重。**

**爱火燃上，富士高峰。**

当两人爱恋的关系被他人非议，声誉看似受损，而实际上两人的爱情是正当而纯洁的。歌作大胆地宣告真爱的存在，不惧为他人所知。歌中的“富士”之“火”，是说其火山的喷发，据记载，在 781 年（奈良朝末期的天应元年），富士山曾有过喷发。

**妹(いも)が名(な)も我(わ)が名(な)も立(た)たば惜(お)しみこそ富士(ふじ)の**
**高嶺(たかね)の燃(も)えつつ渡(わた)れ**

（《万叶集》十一・2697）

**386. 山绵长，山鸟垂尾，尾羽长。**

**长夜漫漫，孤寝实难。**

歌 2802 为：说不想，偏总在想。恰正像，山鸟尾长，长夜漫漫。

其后注以为，本首是 2802 仿效的对象，列出本首，意以为佳。

原歌的“あしひきの”，是并无实义的枕词，这里姑语文意，译为“绵长”。歌的前三句，是一个修饰，对后两句的意思做一铺垫，如中国古诗所说的“兴”起，日本称之为“序词”。

**あしひきの山鳥(やまどり)の尾(お)の長々(ながなが)し夜(よ)をひとりかも寝(ね)む**

（《万叶集》十一・2802 后注歌）

### 387. 谁曾说：玉箱合盖，愿相逢?<br>待得相逢，藏面掩容!

箱与盖合，是相逢、相会的修饰语。两人好不容易相会时，女子又由于羞怯或其他而强遮颜面；故男子这样的问且责，表现出有所不满。

**玉(たま)かつま逢(あ)はむと言(い)ふは誰(だれ)なるか逢(あ)へる時(とき)さ**

へ面隠(おもかく)しする

（《万叶集》十二・2916）

388. **我妹子，夜户半开，身姿现。**

**我足在地，心飞天外！**

夜访女伴之男子，忽见女伴稍稍开门探视的身姿，心知两情相合，幽会可遂，而喜悦已极，心神如高飞于空中。

**我妹子(わぎもこ)が夜戸(よと)出(で)の姿見(すがたみ)てしより心空(こころそら)なり地(つち)は踏(ふ)めども**

（《万叶集》十二・2950）

389. **入港湾，小舟穿苇，阻障多。**

**将往又泊，踌躇思索。**

借行舟以喻恋情。“上句”（日语说法，指其 1、

2、3句）写法见于多首短歌中，似已成了一个格套，以喻说不利的情势。“下句”（4、5句）表明在爱的追求中，思虑难行，进退难定的感受。

**湊(みなと)入(い)りの葦(あし)別(わ)け小舟(おぶね)障(さわ)り多(お)み今(いま)来(こ)む我(われ)を淀(よど)むと思(おも)ふな**

（《万叶集》十二・2998）

390. **久等待，月出长山。对人说：**

**我在等妹，早已有约。**

寄物陈思之歌一首。以月寄恋情。在郊野等待女子的男子所歌。那时男女幽会，夜里行道，黑暗难行，故等得月出光亮，是极惬意的事情。月亮既出，高兴而夸示于人。

**あしひきの山(やま)より出(い)づる月(つき)待(ま)つと人(ひと)には言(い)ひて妹(いも)待(ま)つ我(われ)を**

（《万叶集》十二・3002）

391. **桧隈川，驻马少留，让马饮。**

**我得远看，君之身影。**

亦是寄物陈思之歌。夜中相会之男子，晨起将骑马归去，女子嘱其近水之时，驻马水滨，让马徐饮之，使自己得以再远远看看他。此女子之家，当是在桧隈。桧隈，在奈良县高市郡明日香村桧前；桧隈川，发源于高取山，北流经亩傍山之西。

**左桧(ひ)の隈(くま)桧(ひ)の隈川(くまがわ)に馬留(うまとど)め馬(うま)に水(みず)かへ我(われ)よそに見(み)む**

（《万叶集》十二・3297）

392. **我本想，经天日月，即是君。**

**君渐老去，令人伤心。**

此前一首长歌中写道：登天欲梯长，又愿比山高。月神所掌还童水，取来奉君返青春。推测此歌是一女子写给男恋人的，或是妻子对丈夫而言。或因男方年长，或因生病，故女方有这样的歌意表达。

**天(あめ)なるや月日(つきひ)のごとく我(わ)が思(おも)へる君(きみ)が日(ひ)に異(け)に老(お)ゆらく惜(お)しも**

（《万叶集》十三・3246）

393. **大和国，若有两人，入我心。**

**我又何苦，悲叹思君？**

上一首（3248）歌曰：岛之日本国，满满人众多。相爱之人，如籐箩相缠，似芳草相思。我之所恋，乃君之美目凝眸，长夜相思到天明。歌作表达出自己所深爱的对方，是唯一的存在。如《游仙窟》中语：“天上无双，人间有一。”矶城岛，奈良（大和国）的别称；大和国的别称。加于“大和”前，为其枕词。

**磯城島（しきしま）の大和（やまと）の国（くに）に人二人（ひとふたり）ありとし思（おも）はば何（なに）か嘆（なげ）かむ**

（《万叶集》十三·3249）

394. **大和国，言有灵力，得神佑。**

**愿你平安，吉庆长有！**

前一首，署为柿本人麻吕歌集之歌，表达了“祝平安”“长无恙”“多康健”等类意思。本首顺其意而表现之。且突出了“言灵”信仰的观念：所祷祝之言能得神力而成真。

**磯城島（しきしま）の大和（やまと）の国（くに）は言霊（ことだま）の助（たす）くる国（くに）ぞま幸（さき）くありこそ**

（《万叶集》十三·3254）

395. **不按路，巨势水濑，踏石来。**

**恋心催奔，岂有他哉！**

巨势道，通过巨势的路。巨势，为奈良县御所市的古濑，在曾我川上游。水流石上为濑。为尽快与恋人相见，并不按一般的常路来走，而是沿着河水，踏石而来。

**直(ただ)に来(こ)ずこゆ巨勢道(こぜぢ)から石橋(いしばし)踏(ふ)みなづみぞ我(わ)が来(こ)し恋(こ)ひてすべなみ**

（《万叶集》十三・3257）

396. **持宝镜，无用无奈。但只见，**

**我之至爱，徒步难艰。**

前有长歌（3314），言悯夫君之跋涉艰难，虽持“真澄镜”见之，而实不堪；欲夫君买马而得行路之便。

かがみも　われ　しるし　きみ　かち

まそ鏡持てれど我は験なし君が徒歩よりな

い　み

づみ行く見れば

（《万叶集》十三・3316）

397. **买匹马，我虽得骑，妹行难。**

**一同走路，踏石何妨！**

亦是前长歌的反歌。是问答歌中的男方所歌。夫不愿买马自己得骑，觉得踏险峻步行是可以的；跋涉石濑走近路。

うまう　いもかち　いし　ふ

馬買はば妹徒歩ならむよしえやし石は踏むと

わ　ふたりい

も我は二人行かむ

（《万叶集》十三・3317）

398. **春来时，欲取春樱，头上戴。**

**樱花凋丧，感伤叹慨。**

其题记言：某壮士作。昔有名樱子之女，为二男子所争爱。此女以一女何能往适二门而叹恨。故思“不如我死，息其相害”，乃悬树自尽。二男不胜哀恸，泣血作歌，各陈心绪。此其一也。

**春(はる)さらば挿頭(かざし)にせむと吾(わ)が思(も)ひし 桜(さくら) の花(はな)は散(ち)りにけるかも**

（《万叶集》十六·3786）

399. **若有事，石墓就在，泊瀬山。**

**你我共藏。勿须多想！**

其题记言：某女作。昔有某女子，私与某男相好。此男恐遭其父母呵责，犹豫不前。此女作歌以遗之。“泊濑山”，现今初濑町一带的山，原文的“石城”，指石砌的墓道；不仅是暂时藏身，歌意含有二人情死于其中的意味。

**事(こと)しあらば小泊瀬山(おはつせやま)の石城(いはき)にも隠(こも)らば共(とも)にな思(おも)ひ我(わ)が背(せ)**

（《万叶集》十六・3806）

400. **安积山，山映倒影，泉井浅。**

**对君情深，非此井眼。**

“上句”（1、2、3句）是一个起“兴”的“序词”（日语说法），以表达“下句”的真诚无坏心机。据说是葛城王下奥陆，怒于国司之款待不周。侍女奉酒而歌此。安积香山，陆奥国安积之地（福岛县安积郡）之山。水中倒影、泉井清浅。我等对君非同此井之短浅，而是真情深切。

あさかやまかげ　み　やま　い　あさ　こころ　わ

**安積香山影さへ見ゆる山の井の浅き心を我**

おも

**が思はなくに**

（《万叶集》十六・3807）

401. **生与死，两大苦海，皆可厌。**

**潮干山上，极乐可恋。**

此为“厌弃世间之无常之歌”。据其记：此歌“书于河源寺佛堂中之和琴面上”。该寺在奈良高市郡明日香村川原。生死二海，皆喻现世之苦。《华严经》：何能渡生死之海，入佛三智海。“潮干之山”，虽出杜撰，但意亦明豁，意谓与生死相对的极乐世界。

いきしに　ふた　うみ　いと　しおひ　やま　しの

**生死の二つの海を厭はしみ潮干の山を偲ひ**

**つるかも**

（《万叶集》十六・3849）

402. **情场之，功劳苦劳，纪实报。**

**官授五品，不算给高。**

笔调略显滑稽，而写出了戮力进取，追求爱情的辛勤。或出自下层官吏之手，故将求爱与求官联系到了一起。五位の冠，五品官位，为天皇亲授之中上之官位。

**このころの我(わ)が恋(こい)力(ぢから) 記(しる)し集(つ)め功(くう)に申(もう)さば**
**五位(ごい)の 冠(かがふり)**

（《万叶集》十六・3858）

403. **见妹家，蓝鸡冠花，色难得。**

**欲染其色，意实难合。**

歌为日本正仓院藏《千部华法经手写本》的纸背所见，其正面纪年为天平胜宝七年（749），此为最早手写的和歌，当出自写经生之手。表面上的求花、求色而不得，内含求爱而不得之叹；或许也包含着经书难写成的叹慨。原文首字“妹”已看不清，为专家推定。

いも　いえ　からあお　はないまみ　うつ　かた　な

**妹が家の韓藍の花今見れば写し難くも成りにけるかも**

（正仓院藏《华法经手写本》纸背）

404. **难波宫，此树梅花，曾开放。**

**蛰伏一冬，迎春飘香。**

此歌为《古今和歌集》假名序所载。据其注：仁德天皇在高津宫受劝进即位，此为百济所来学者王仁所咏进。用的是所谓“讽喻”手法。以花喻人。花，指梅花；难波，高津宫之所在。

なにわつ　さ　はなふゆ　いま　はる　さ

**難波に咲くやこの花冬ごもり今は春べと咲く**

はな

**やこの花**

（见《古今和歌集·序》）

# 后　记

本书于 2017 年 10 月着手进行，于 2018 年 8 月完稿。

本书序言由云南大学文学院李森院长撰写，本书的出版得到了他的鼎力支持和帮助！

本书的出版，又特对云南人民出版社的支持、对海惠、刘焰等编辑部同仁的出色工作表示感谢！

本书完稿后，曾请段炳昌教授从诗词的赏读角度对译歌加以校读，得其正面肯定。

本书的和歌编定、中译和校改以及释说、写出作者简介等，事虽繁细，而所重实为中译。虽在过往的书文中，曾对日本和歌、俳句有过若干的中译，但系统地对数百首和歌进行译、释，实为初为。

日本和歌 5、7、5、7、7 的句式，有“上句”（5、7、5 句）和“下句”（7、7 句）之分说，在书写和排印时，作一行完成。本书的译歌，作上、下两行排印，以避免文中折行，也大致合于上、下句之分。

受能力和水平之限，本书定会有若干疏漏、不足和错误之处，敬请诸位专家、读者不吝赐教！

本书完稿后，填有《解连环•译日本古代和歌400首毕，诉所感》词一首：

日文难否？勤习当有悟！卅年修后，甚盼望、得见朝光，日出小窗明，译事能就。难矣中文，怎得有、佳言辐辏。腹中诗文少，意又何由，端直灵秀。

倭建命歌数首，有感命蹇滞，谁能无咎？麻吕歌，忆良亲情，山部景清，大伴咏酒，家持多愁。信达雅、潜心营构。使情传、一衣带水，返皈意厚。

末五句，用的也就是“前言”所言及的译和歌，用“词”的句式。“言”与“意”，俱陈于此！

姜文清

2018年8月于云南大学